U0134001

青年科技人才成长环境研究

白春礼◎主编

科学出版社

北京

内 容 简 介

本书阐述了青年科技人才的主要特点和重要成长环境因素,重点研究了学术氛围、激励政策、职业发展和流动制度以及科研机构管理体制等对青年科技人才成长的影响。在总结分析国内外有关青年科技人才成长的主要政策举措和管理经验的基础上,通过问卷调查和访谈的方式,具体研究了中国科学院青年科技人才成长环境的现状、主要特点和存在的问题;同时,结合国内外科技人才工作经验,提出了一些政策建议。

本书的研究成果对科技政策研究人员、科技管理人员具有很好的参考价值。

图书在版编目(CIP)数据

青年科技人才成长环境研究 / 白春礼主编 . —北京:科学出版社,2008
ISBN 978-7-03-023073-7

Ⅰ. 青… Ⅱ. 白… Ⅲ. 青年-科学工作者-人才成长-研究-中国
Ⅳ. G316

中国版本图书馆 CIP 数据核字(2008)第 147791 号

责任编辑:李 敏 刘 鹏 林 剑 / 责任校对:鲁 素
责任印制:钱玉芬 / 封面设计:耕者工作室

科 学 出 版 社 出版
北京东黄城根北街 16 号
邮政编码:100717
http://www.sciencep.com

中国科学院印刷厂 印刷
科学出版社发行 各地新华书店经销

*

2009 年 1 月第 一 版 开本:B5(720×1000)
2009 年 1 月第一次印刷 印张:6 插页:2
印数:1—1 500 字数:100 000

定价:35.00 元
(如有印装质量问题,我社负责调换〈科印〉)

青年科技人才成长环境研究
课题组成员

组　长　白春礼（中国科学院常务副院长、院士）

副组长　李和风（中国科学院人事教育局局长）

　　　　高　鹏（中国科学院研究生院管理学院常务副院长）

成　员　陈晓峰（中国科学院人事教育局高级业务主管）

　　　　唐裕华（中国科学院人事教育局人才处处长）

　　　　庞　维（中国科学院人事教育局人力资源规划处处长）

　　　　尚智丛（中国科学院研究生院人文学院教授）

　　　　李　媛（中国科学院研究生院管理学院博士研究生）

　　　　裴瑞敏（中国科学院研究生院管理学院博士研究生）

　　　　赵汐潮（中国科学院青岛生物能源与过程研究所筹建组
　　　　　　　　副组长）

　　　　汤超颖（中国科学院研究生院管理学院副教授）

序

科学技术是第一生产力,科技人才是建设创新型国家,实现经济社会全面协调、可持续发展的重要基础。胡锦涛总书记指出:"源源不断地培养造就大批高素质的具有蓬勃创新精神的科技人才,直接关系到我国科技事业的前途,直接关系到国家和民族的未来。"青年科技人才的成长,决定着科技队伍的未来,也决定着科技事业的持续发展。党和国家历来高度重视科技人才工作,也特别关注青年科技人才的培养和使用。改革开放以来,国家持续加大人才培养工作力度,完善人才成长环境,激发人才创新活力,青年科技人才正面临前所未有的个人成长和事业发展机遇。

加强青年科技人才的培养和使用,营造良好的人才成长环境,也是科研机构的一项重要使命。中国科学院一贯重视青年人才工作,坚持把培养造就一大批优秀的青年科技人才作为队伍建设和科技创新事业发展的首要任务。特别是知识创新工程实施以来,中国科学院积极推动实施科技创新人才战略,在青年学术带头人引进和培养、研究生教育、科技人力资源管理等方面积累了一些成功的经验。但随着时代的发展和国内外科技竞争形势的变化,科技人才工作也面临着新的问题和挑战,需要与时俱进、不断探索、持续完善。

中国科学院多年来坚持结合实际开展人才工作研究,力求更好地把握工作规律,不断提高管理水平。本书报告了中国科学院人事教育局和研究生院于 2007 年围绕青年科技人才的成长环境开展的调研工作成果,目的是希望通过理论分析和实际调研,归纳总结科研工作和青年科技人才的主要特征,探索青年科技人才成长环境中的关键影响因素;分析解青年科技人才的现实成长环境和存在的问题,并提出有针对性的政策建议。

　　本书的调研工作,主要关注学术氛围、激励制度、流动和职业发展要素以及科研机构管理体制等对青年科技人才的影响。通过文献研究,归纳分析了青年科技人才的主要特点和重要成长环境要素,比较研究了国内外有关青年科技人才的重要政策举措;通过对数百名科技人才的问卷调查以及对部分科技人才的直接访谈,具体研究分析了中国科学院青年科技人才成长环境的现状、主要特点和存在的问题;同时,在对国内外对比分析、实际问题调查归纳的基础上,分别就加强学风建设、完善激励制度、促进人才流动和职业发展、优化研究机构管理等方面提出了一些具体政策建议。研究结果对我国科技人才工作有一定的参考价值。希望本书的出版,能够促进相关问题的研究和交流,并能为国家有关部门的决策以及科研教育机构的管理提供参考。

2008 年 8 月

CONTENTS

引　言

当今世界已步入知识经济时代,经济的发展越来越依靠科学技术的进步。提高自主创新能力,建设创新型国家是新时期我国实现国家富强、民族复兴的战略选择。自主创新,关键要靠人才。近代世界各国发展的历史证明,谁拥有人才优势,谁就能在竞争与发展中捷足先登,占据制高点。第二次世界大战期间的美国,战后的日本、德国,以及成立之初的中华人民共和国,都是依靠大批优秀的人才,带动了国家的迅速崛起。

党和国家一贯高度重视科技人才的培养和使用。邓小平同志曾指出:"事业成败的关键就是能不能发现人才,能不能用好人才。关心爱护重用青年科技人才,调动他们工作的积极性,充分发挥他们在工作中的作用,直接关系到科技事业的振兴和发展。"①江泽民同志在接见 1998 年度国家科技奖获奖代表时指出:"长江后浪推前浪。培养科技人才的工作,特别是培养青年科技人才的工作一定要抓得很紧很紧,这是关系中华民族未来命运的大战略。"②胡锦涛总书记 2005 年在庆祝载人航天飞行圆满成功大会上强调指出:"特别要重视培养青年科技人才,为他们积极营造生动、活跃、民主的创新氛围,使他们具有崇高的理想抱负、炽热的爱国热情、旺盛的创造活力。要用事业凝聚人才,用实践造就人才,用机制激励人才,用法制保障人才,努力把优秀人才集聚到党和国家的各项事业中来,形成推动我们事业发展的强大人才队伍。"③培养和造就一大批具有较强创新能力的青年科技人才是全社会的责任,关系到国家的前途和命运。

为提高国家竞争力,世界各国都十分重视科技人才队伍建设,并实施了各种专项计划或举措,取得了很多成功经验。如:德国实施了"顶尖科研资助项目"、"独立

---

①邓小平. 邓小平文选(第 3 卷). 北京:人民出版社. 1993:91

②江泽民. 培养青年科技人才一定要抓得很紧很紧. 中国青年报,1999.01.09

③胡锦涛. 在庆祝载人航天飞行圆满成功大会上的讲话. 2005.11.26

青年研究小组"计划,澳大利亚实施了"强化澳大利亚能力"人才计划,韩国实施了"国家战略领域人才培养综合计划",印度实施了"青年学者快速追踪计划"等。20世纪90年代以来,我国也陆续出台了一系列扶植青年科技人才的专项计划,如人力资源和社会保障人事部的"百千万人才工程"、国家自然科学基金委员会的"国家杰出青年科学基金"等。中国科学院作为国家最重要的战略科技力量,始终坚持人才优先的发展战略,先后推出了"青年人才的破格任用"、"百人计划"和"引进国外杰出人才计划"、"西部之光"人才培养计划等这些举措有效促进了科技人才队伍的发展,推动了国家经济建设和科技进步。

当前,国家创新体系的建设对科技人才的培养和使用提出了更高的要求。中国科学院肩负着造就一流的成果、一流的效益、一流的管理、一流的人才的重要使命,科技人才工作面临着新的挑战。为此,我们必须不断研究和分析青年科技人才的成长规律,持续优化人才环境,努力开创科技人才工作的新局面。

影响青年科技人才成长的因素很多,包括科技人才本身的主观努力和环境条件两个方面。营造良好的人才环境,促进人才成长,实现人尽其才,是任何组织机构事业发展的关键。科技人才环境主要包括人才培养和使用的制度体系、支撑体系、学术氛围等。为营造良好的科技人才环境,必须在人才队伍规划、选拔任用机制、激励制度、建立学术规范等方面形成完善的工作体系。

本书是继《杰出科技人才的成长历程:中国科学院人才成长规律研究》一书之后,又一本研究科技人才成长规律的著作。本书结合课题组长员在中国科学院进行的调研,探讨了目前我国青年科技人才成长环境的若干突出问题,并提出了相关政策建议。

1 科研工作和青年科技人才

科研工作和科技人才都具有特殊性，科技人才工作应充分考虑其典型特征。本部分主要分析科研工作和青年科技人才的主要特征以及影响青年科技人才成长的主要环境因素。

1.1 科研工作的主要特征

Maurice Lamontagne(1972)认为科研活动是最难管理的一种工作。科研工作与其他工作的差别主要表现在：①科研工作的不确定性；②每一项科研任务都是独一无二的，评价其结果或影响十分困难；③科研知识更新迅速；④科研工作具有持续性；⑤科研工作者的期望、价值观、态度、动机与其他组织中的雇员是不同的。[①]

我们在这里重点分析科研工作的以下几方面特征。

1.1.1 科研工作的不确定性

Salasin 和 Hattery (1977)指出："研究和开发，从本质上来看，是以生成新知识，检验关于物质世界、社会世界的表现和反应以及提供能被用于创造系统知识和改善我们生活的一种活动。"[②]

科研工作属于探索性质的工作，这就在本质上决定了其不确定性的特征。科研工作的不确定性不仅指科研方法和实验结果等方面的不确定，也包括科研项目的期限和预算等方面的不确定。即使一个非常出色的科学家开展一个科研项目时

---

①Maurice Lamontagne. A Science Policy for Canada. Ottawa：Ontario，1972
②Salasin John，Hattery Lowell. The Management of Federal Research and Development：An Analysis of Major Issues and Processes. Mclean：The Mitre Corporation，1977：3～16

尝试了所有的方法，仍可能没有获得理想的结果。对于大多数组织机构，这会被认为是一种失败，而且可能对该员工带来不利影响。但是，对于科研组织，这种"试错"过程将被认为是非常有价值的，研究人员不应该因为所谓的"失败"而遭到责备。当然，现实中某些具有官僚思想或者急功近利的管理者往往会视之为一种失败。研发活动的不确定性特征，在一定程度上增加了科研人员管理的难度。

1.1.2　科研工作评估困难

作为科研成果的核心组成要素——知识，是很难被测度的。此外，正如 Lamontagne(1972)指出的，"即使科研活动的结果能够被测量，对一个项目结果的评价和项目成果产生的影响之间可能有相当长的延迟，很难使用评价结果作为未来计划的基础"[①]。很多情形下，科研成果的影响和应用效果的充分展现，需要等待其他领域相关科技的发展。

评估一个科学家对一个领域的贡献或者对未来的影响是极具挑战性的，摆在管理者面前的难题是如何采用一种公平和准确的方法来评价科研人员的工作绩效。在某些情况下，由于对所评估的科研工作者的研究领域缺乏深入的认识，管理者可能会对科学家的绩效做出错误的评价。迄今为止，对科研机构的智力资本测算尚无成熟的方法体系，无疑也加大了评估科研工作的困难。

1.1.3　科研工作的持续创新性

科研工作需要科研工作者长期的积累和投入，有时一个科研难题需要好几代人的持续钻研。科研工作者要长期关注相关领域的研究动向，追踪研究领域的学术前沿，在特定研究领域组成相对稳定的团队，进行持续的工作。此外，科研领域的知识更新比其他任何领域都要迅速，科研人员要保持自身在所研究领域的前沿位置并作出贡献，他们必须坚持终生学习，保持持续的创新性。科研工作的持续创新性需要科研管理者为科研工作者提供良好的科研环境、持续稳定的支持条件和激发学习与创新的文化氛围。

---

①Maurice Lamontagne. A Science Policy for Canada. Ottawa: Ontario, 1972

1.1.4 科研工作的全球竞争性

科学研究没有国界,呈现出全球范围内的竞争性。科研活动的参与主体包括出资人(例如国家或其他委托方)、科研机构以及科研人员,他们都希望在全球性的科研竞争中占得一席之地。作为出资人的国家,希望在某些科技领域及相关产业建立和打造自己的优势地位;科研机构也力图通过创造更多国际领先的科研成果来建立同行竞争优势,从而吸引更多优秀人才和资金,获得更大进步;科研人员同样希望自己的科研成果在全球相关学术领域范围内具有影响力,实现事业成就。科研工作的全球竞争性要求科研管理者具有国际视野,为科研工作者提供相对优良的参与全球竞争与合作的条件和机会。

1.2 青年科技人才的主要特征

作为科技创新主体的科技人才,其本质特征是他们拥有组织发展所需要的创新能力和知识。科技人才,尤其是青年科技人才,与其他职业人员相比,具有很多方面的特殊性,包括个性特征和职业活动特征。

1.2.1 青年科技人才的个性特征

(1) 独立性和自主性

创新型人才,往往是富有活力、充满个性而有时又是难以驾驭的。青年科技人才由于拥有知识资本,从事创造性工作,主观上不愿受制于人,客观上不愿受制于物,在组织中具有很强的独立性和自主性。他们的工作模式,不会像流水线上的工人,由上司把每一件事的计划与步骤都安排得非常明确;他们难以忍受上级的错误指挥,希望有更多的自主性;他们要求授权,要有一定的活动范围和一定的权限。总之,青年科技人才更倾向于拥有一个自主的工作环境,更强调在工作中的自我引导、自我控制和自我发展,期望对各种可能性作自由的探索。

(2) 自我实现导向

与一般员工相比,青年科技人才的需求属于较高的层次,他们心目中有着非常明确的奋斗目标,他们到科研组织工作,不仅仅是为了获得工资报酬,而是有着发挥专长、成就一番事业的追求。他们非常注重自身事业的发展前途和自身价值的实现,并强烈期望得到社会的认可。他们热爱自己的工作,拥有强烈的事业心和使命感。

(3) 较强的流动意愿

知识经济时代,科学技术快速发展,对科技人才的知识结构和创新能力提出了更高的要求,人才不断流动和更新的特点也更加突出。在这个资本追逐知识与人才的时代,各类机构都在采取各种手段不断地争夺人才,给青年科技人才的流动创造了有利的外部环境。同时,青年科技人才本身也有较高的流动意愿。出于对自己职业发展的追求,他们往往不会局限在一个组织中工作,而会不断寻求新的发展机会。

(4) 探索和挑战意识

优秀的青年科技人才富有创新活力,尊重知识,崇尚真理,而不会随波逐流,人云亦云,更不会趋炎附势,惧怕权势或权威。青年科技人才具有较强的好奇心,不易受已有学术思想的束缚,敢于试错,勇于挑战,这些都为青年科技人才做出创新性的研究奠定了基础。随着专业技术的发展和信息传输渠道的多样化,科研机构组织结构扁平化趋势日益呈现,更加倡导学术平等和学术争鸣,为进一步鼓励青年科技人才的创新和进取创造了有利条件。

(5) 较强的学习和创新能力

青年科技人才具有较强的学习能力和创新能力,追求上进,热爱学习。学习能力是青年科技人才最为宝贵的财富和永不枯竭的动力源。他们头脑灵活,发现和接受新知识的速度很快,极富创新能力;而科研工作本身的性质也要求青年科技人才有很强的学习和创造能力。库柏说:"科技人才之所以重要,并不是因为他们已经掌握了某些秘密知识,而是因为他们具有不断创新有用知识的能力。"

1.2.2 青年科技人才的职业活动特征

(1) 工作富于创造性

科学研究是一种探索性强、创造性高;思维活动强度大的智力劳动,需要充分发挥科研人员的创造精神和创造能力。青年科技人才依靠自身拥有的专业知识，进行创造性思维和科学实践，并不断形成新的知识成果。随着现代科学技术的快速发展，学科细化日益加强，新兴学科层出不穷，青年科技人才进行创造性和创新性的工作也面临着巨大的机遇和挑战，这要求青年科技人才具有更强的创造能力。

（2）工作过程的不确定性

青年科技人才所从事的工作主要是思维性活动，其目标是突破原有的知识结构，发现新的科学规律，本身就是一个不确定的实践。他们的劳动是复杂的脑力劳动而不是简单的体力劳动，其劳动过程往往是无形的，没有既定的流程和步骤，不存在固定的工作规则；此外，脑力劳动的自发性很强，可能发生在每时每刻和任何场所，因此很难对其工作过程进行预测、监督或控制。

（3）工作多为团队合作形式

科技创新活动独立自主性强，并不等同于不需要合作。现代科研组织的每一项活动都是一个复杂的系统工程，没有多方面专业知识的综合运用，没有众多专家的团结协作是很难完成的。知识的高度专业化决定青年科技人才不可能独立完成一项复杂、系统的工作，而必须组成有效的创新团队，运用集体智慧进行工作。现代科技活动的团队特征已经越来越明显。

（4）工作成果难以测度

青年科技人才的工作成果常常以某种思想创意、技术发明、管理创新等形式出现，不容易被测度。由于成果转化过程的复杂性，即使是应用技术成果，也经常无法采用一般的经济效益指标加以衡量。此外，因为许多知识创新和科研成果的形成通常是团队协同合作的结果，青年科技人才相对来说是处于学习和成长阶段，因此，对青年科技人才个人业绩的衡量评价十分困难。

（5）创新活动呈现年龄规律

对于科研活动来说，不是所有年龄段都一样具有创新活力，而是呈现出一个创造能力规律（图 1-1）。美国科学社会学家朱克曼对 1901～1972 年 286 名诺贝尔奖获得者的年龄进行分析得出，获诺贝尔奖研究时的年龄平均为 38.7 岁，其中物理学家 36.8 岁,化学家 39.4 岁,生物和医学家 41.4 岁[①]。中国科学院科技人才成长规律研究组的调查结果也表明:31～35 岁是科技人才最为活跃的阶段,研究工作十分活跃而且不断深入;36～40 岁是科技人才研究取得成果,索引论文发表量达到高峰的阶段;41～45 岁是科技人才研究工作与成果被同行与科技工作者所承认,成为科研的中坚力量的阶段[②]。由此可见,科技人才的创新活动存在最佳年龄期,这对研究青年科技人才的特殊性具有重要意义。

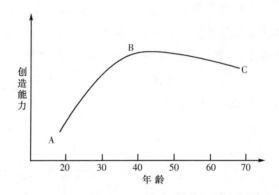

图 1-1　科研人员创造能力随年龄变化的相关曲线

1.3　青年科技人才的成长环境

青年科技人才的成长与成功,是青年科技人才自身素质与外部环境长期相互作用的结果,是青年科技工作者自我选择和社会选择、个人努力和社会条件综合作用的结果,既需要青年科技工作者具备良好的素质和能力,也离不开良好的环境条件。青年科技工作者的内在素质是成才的基础,外部环境是成才的重要条件。对处于成长过程中的青年科技人才来说,内在素质的塑造、发展和发挥,也有赖于外部环境给予引导、激发和提供机会。社会经济条件、国家的教育体制和人才政策、科研机构和学术团体的管理体制、文化氛围等都会对青年科技人才的成长产生直接或间接影响。分析科技人才成长环境,对培养和使用青年科技人才具有重要意义。

①[美]朱克曼(H. Zuckerman).科学界的精英.北京:商务印书馆,1979:9
②白春礼.杰出科技人才的成长历程——中国科学院科技人才成长规律研究.北京:科学出版社,2007:1

1.3.1 青年科技人才成长的宏观环境

青年科技人才成长的宏观环境范围比较宽泛,包括国际科技发展态势和国际科技交流,国内的政治环境、经济环境、科技环境和学术氛围等。

当前,各国科技发展的联系日益紧密,青年科技人才应该保持畅通的国际科技信息交流渠道,积极参与国际重大科技计划和科学工程,积极参与国内外科技交流,参与国际学术组织。改革开放以来,我国青年科技人才与国际的学术交流日益频繁。

国家政治、经济和科技环境是青年科技人才成长的重要外部条件。改革开放以来,我国稳定的政治局面和持续高速发展的经济态势为青年科技人才的成长和发展提供了较好的社会环境;我国历来尊重知识、重视人才的传统以及科教兴国的战略为科技人才创造了良好的政策环境,使广大青年科技人才能够以积极的精神状态和饱满的热情,投身到创新活动中。

在影响青年科技人才成长的宏观环境中,国际的科技发展趋势以及国内的政治、经济和科技环境受其他因素的影响较多,对青年科技人才的影响作用较为间接,而国内的学术氛围对青年科技人才的影响更为直接。

近年来,我国科技事业快速发展,学术活动日趋活跃,呈现出良好的学术氛围。2006 年我国学者在国际主要科技期刊发表的论文共 17.2 万篇,占世界论文总数的 8.4%,按国际论文数量排序,已跃居世界第二位[①]。截至 2007 年 8 月,我国已获得博士、硕士学位的研究生总数已超过 150 万,在校研究生数量达到了 110 万,成为世界上仅次于美国的研究生大国[②]。长期以来,我国科技界倡导学术自由、求真务实,各科研领域的专家、学者都秉承严谨求实的作风,追求科学真理,遵守学术道德和学术规范,形成了良好的学术传统。

与此同时,在市场经济快速发展和社会高度开放的今天,科技人才的角色和价值取向呈现多元化的趋势。在一定范围内,经济利益成为成功标准,功利主义占据了主要位置,科研学术氛围也受到了一定的干扰。此外,我国长期以来形成的官本

---

① 纪秀君. 我国国际科技论文总数跃居世界第二. 中国教育报,2007.11.16
② 吴启迪. 2007 年全国博士生学术论坛开幕式讲话,2007.08.21

位文化,相对僵化的科技人才制度等,也对青年科技人才的成长产生了一定的不利影响。

学术风气和氛围对青年科技人才的成长具有重要影响。在良好的学术氛围和规范的学术环境中,青年科技人才会遵守并弘扬良好的学术风气和学术道德;反之,容易使青年科技人才形成不当的价值取向和行为方式,影响其健康成长。营造良好的学术氛围是培养青年科技人才、保障科技创新持续发展的一项十分重要的基础性工作。

1.3.2 青年科技人才成长的微观环境

青年科技人才成长的微观环境是影响青年科技人才成长的直接外在要素,主要包括科研机构的发展战略、治理和管理体制,科技人员的任用、激励、考核和晋升制度等人才政策。

青年科技人才的创新活动和个人成长都离不开科研机构这一重要载体。科研机构的治理和管理体制,包括决策机制、资源分配、运行模式等,从各方面决定和影响了青年科技人才的成长。科研机构的各项人才政策则直接影响着青年科技人才的成长和作用发挥。符合青年科技人才特点的人力资源政策对青年科技人才和科研机构本身都是至关重要的。科研机构应该建立起系统、配套的人力资源政策体系,促进青年科技人才成长。这些政策体系包括人力资源规划、人才激励政策、人才考核评价制度、人才流动制度以及岗位体系和人才职业发展规划等。

在以上所有影响青年科技人才成长的宏观、微观环境中,我们认为影响当前我国青年科技人才成长的突出问题,主要表现在学术风气、激励政策、职业发展、流动机制以及科研机构管理体制等方面,这也是本书研究的重点。

2　学术风气与青年科技人才成长

学术风气是青年科技人才成长的重要环境因素,也是人才工作的重要"着力点"。本部分重点分析了国内外学术界在防范学术不端行为、树立良好学术风气方面的实践经验,并针对我国具体情况,通过问卷调查,研究了学术不端行为及其对青年科技人才成长的影响。

2.1　学术风气与学术不端行为

学术风气是学术界成员在科技活动中形成的相对稳定、持久,并具有一定共识的群体行为模式和作风。学术不端行为(scientific misconduct)是科技活动中违背学术规范的行为,是一个具体的概念。学术不端行为的频繁发生,是学术风气不佳的具体体现,这也是当前学术风气问题引起社会关注的主要原因。本章我们主要围绕学术不端行为进行研究分析。

长期以来,国内外对学术不端行为概念的界定没有统一标准①。

在国外,美国科学院主张把不端行为定义为"捏造、篡改、剽窃",即 FFP(fabri-cation,falsification,plagiarism)。2000 年秋,美国联邦政府也将不端行为限定在FFP 三者中。与此相对,美国公共卫生服务组织(the United States Public Health Service,PHS)下属的研究学术诚信办公室则认为应从更广的角度来进行定义:科学不端行为是指"捏造、篡改、剽窃,以及在科学界进行研究项目的申请、实行、报告时,出现的明显与公认规则不符的行为"。美国国家科学基金会(National Service Foundation,NSF)的定义是:"科学不端行为是指捏造、篡改、剽窃,以及其他的严重偏离可接受惯例的行为。"1999 年 10 月,在苏格兰爱丁堡召开的关于学术不端行为的会议在更广的范围内对科学研究中的不端行为进行了定义,也不局限于

---

① [日]山崎茂明.科学家的不端行为——捏造、篡改、剽窃.杨舰等译.北京:清华大学出版社,2005:5

FFP 三者,而是包括了几乎所有的科学研究不端行为。美国国会组织领导的一个由 12 名成员组成的科研公德委员会(Commission on Research Integrity),在对联邦政府的科研公德政策进行一年多的调查后,提出了如下定义:"学术不端行为是指与学术性质和其他属性相悖的不正当行为,例如不当地改变学术研究的过程、破坏学术研究成果或者危及学术界的诚信。这些行为可表现在申请、执行以及报告学术研究结果的阶段,或者表现在评论这些申请和其他研究报告中。"[①]

在我国,学术界、知识界的专家学者对学术不端行为尚没有统一的界定。曹树基在《学术不端行为:概念及惩治》中,对学术失范、学术不端和学术腐败的概念进行了分析,认为:"学术失范、学术不端和学术腐败的内涵基本相同,但程度不同:学术失范主要是指学者因缺乏相关知识或学术不严谨而造成的违背学术规范的技术性过失;学术不端主要指学者涉及抄袭、剽窃的不良行为,也包括学者恶意的一稿多投行为,属于明知故犯,存在主观故意,触犯了相关规则;而学术腐败主要指学者或者其他人凭借权力为自己谋求学术利益及其他利益,其程度是三者中最严重的。盛华根借鉴了社会学对越轨行为的界定,把学术不端定义为在科学研究以及科学与社会的互动过程中,科研人员或科研组织违反科学规范的行为[②]。"目前讨论比较多的是学术腐败。学术界对于学术腐败的看法也是众说纷纭。郑良勤认为:"学术腐败是指学术界中一些集体和个人为谋求小团体和个人的利益,在学术研究和学术评价中采取的种种不规范的行为表现[③]。"鞠德峰主张从职业道德的角度对学术腐败加以界定,认为:"学术腐败就是发生在学术活动领域中的败坏堕落现象,其实质是学术工作者为追求个人或小集团的利益,滥用学术工作职权、违反学术规范从而败坏学术道德的行为和现象"。李建华在分析近年来学者们对学术腐败概念多种观点的基础上,从广义和狭义两方面对学术腐败进行了界定:"广义的学术腐败是指学界中一些集体和个人为了谋取利益采取不正当手段违反学术道德,违背学术良知的行为;狭义的学术腐败是指在学术活动领域中,拥有学术权力的人为谋取个人私利或集团利益,滥用权力而违反学术道德、违背学术良知的行为。"

这里所指的学术不端行为是从广义范围上界定的,不仅包括科研工作中的捏

---

①陈民.美国关于科研不端行为的定义与争论.世界科技研究与发展,1996,(5)

②盛华根.科研越轨行为研究评析.科学学与科学技术管理,2004,(2)

③郑良勤.高校学术腐败及其遏制对策.郑州大学学报:哲学社会科学版,2003,(6)

造、篡改、剽窃,而且包括课题和项目的申请、验收、评审过程中的不正当行为,以及一些夸大学术成果、研究能力或研究项目的学术价值和一稿多投等不道德行为。

2.2 学术不端行为的现状、产生原因及防范措施

世界各国的科研领域都不同程度地存在着学术不端行为。学术不端行为使学术风气受到污染,影响了科研活动的正常开展,也影响了青年科技人才成长。国内外学者针对学术不端行为进行了不少的研究,相关机构也制定了一些防范学术不端行为的政策措施。

2.2.1 国外学术不端行为的现状、产生原因及防范措施

学术活动是一项集体事业,科学知识的获取和交流都是以科学家的诚信为基础的。在相当长的时期内很多人都相信科学领域是一片纯净的圣地。甚至在 20世纪六七十年代,还有不少人认为,捏造和剽窃是发生在个别研究者身上的异常事件。然而,20 世纪 80 年代以后,世界各国科学界陆续披露出来的种种事件动摇了人们的这种信任。1981 年布劳德和沃德出版的《真理的背叛者们》和 1982 年拉福莱特的《正版物种的盗窃:科学发表物中的欺瞒、剽窃和不端行为》等有关科学家不端行为的专著,使人们开始意识到科学界的诚信问题已不容忽视。此后,美国的科研管理机构和政府部门开始关注并着手采取一些举措。20 世纪 90 年代以后,世界各国政府和科学界越来越重视科学道德问题,并纷纷设立专门机构,制订和出台各种政策措施,以应对和防范科学研究不端行为;研究学者出版了大批关于科学研究不端行为的论文和专著。日本著名教授山崎茂明在 2001 年利用美国国立医学图书馆制作的 PubMed 资料库,检索到了 1455 份相似文献,而这只限于以 scientific misconduct 这一关键词为主要内容的论文,而并不包括对此主题稍有触及的论文[①]。可见,学术不端行为已相当普遍,尤其是在容易伪造数字、依靠实验的学科中出现的频率更高,例如生物医学、物理学以及天文学等。

国外关于学术不端行为原因的研究分析大多是从案例出发,从复杂的案例中总结出一些观点。例如 Richard G. Petty 认为导致学术不端的主要原因有个人职

---

① [日]山崎茂明.科学家的不端行为——捏造、篡改、剽窃.杨舰等译.北京:清华大学出版社,2005:5

业生涯因素、金钱因素（为了钱而出卖学术的尊严），也有些人是因为盲目自信以至于不能看到他们论点中的错误等。日本的山崎茂明则将其归为以下几个原因：一是 20 世纪以后，科学活动成为千百万人谋生的职业，科学家之间对科学研究资源的竞争日趋激烈；二是随着科学技术与社会经济关系日益密切，企业与科研机构的合作大大增加，科学活动与科学家的个人利益常常挂钩；三是传统的论文审查制度和同行评议本身有内在的不完善性。

国外还有一些大学以及研究机构还针对防范学术不端行为的方法进行了一些研究，并提出了不少管理举措。美国等一些发达国家在防范学术不端行为方面做得比较好，许多大学和研究机构都制定了一定的规章制度来进行规范，不少国家还从法律上对学术不端行为者进行制裁。

美国政府的相关部门对学术不端事件的防范和处理非常重视。1981 年，众议员戈尔（A. Gore）就生物医学领域发生的不端行为事件召开了委员会会议，会上他分析了已发生的不端行为，指出无论是政府还是大学都没有建立起举报不端行为的体系。1985 年，联邦政府颁布了关于健康研究法的补充法案（Health Research Extention Act），要求申请政府资助的研究单位建立专门的机构来负责核查涉及不端行为的研究，调查被举报的案件并向政府提交报告。1989 年，健康与人类服务部补充了"公共健康服务法案"赋予资助机构调查和解决科学研究不端行为的权力。美国公共健康服务部于 1986 年公布了"处理科学研究不端行为的方针和程序"，并于 1989 年 3 月专门设立了科学诚信审查办公室，负责制定公共健康服务部处理科学研究不端行为的所有政策，检查所属单位的研究活动是否执行公共健康服务部所制定的政策和程序，审查不端行为调查的最终报告、进行制裁或进一步独立调查的建议；同时，国家健康研究院设立了科学诚信办公室，负责监察接受公共健康服务部资助的研究机构是否依照公共健康服务部所制定的政策和程序对研究中的不端行为进行调查。这两个机构于 1992 年合并改组为研究诚信办公室，负责对不端行为的调查和监督，制定相关方针政策或提出应对不端行为的具体措施，并与大学、学会及专业团体合作开展诚信和伦理教育研究，解决调查活动中产生的相关法律问题。美国还在联邦政府机构设立独立于所设机构的监察长办公室（Office of Inspector General），可以受理关于科学研究不端行为的投诉和举报，并开展调查。

美国的大学、科研机构和学术团体也高度重视学术道德问题，积极查处学术不端行为，力图形成规范化和制度化的机制。早在 20 世纪 80 年代初，美国科学促进会、美国医科大学联合会、美国大学联合会等都就科学研究不端行为的防范问题进行探讨并发表建议和报告。1983 年,斯坦福大学颁布了"处理科学研究不端行为的政策"。1987 年,美国国家科学基金会公布了"科学和工程研究中的不端行为的规范"。[①] 美国国家科学院、国家工程院和国家医学研究院联合成立的科学、工程和公共政策委员会撰写了《科学从业者指南》,于 1989 年出版并经过多次修改重版,现已被译成包括中文、日文在内的多种文字,成为对年轻科学家进行科研道德教育的重要资料。

在英国,通常由资助科研活动的基金会和各研究机构会制订内部准则,自行调查不正当学术行为并作内部处理。医学研究评议会在 1995 年发表了有关科学伦理方针的文章,在 1997 年公布了对不端行为的处理方针和办法。此外,学术杂志也会参与对不端行为的处理。1997 年 4 月,在医学杂志编者们的非正式碰头会上,设立了出版伦理委员会(COPE),来决定如何处理违反研究和出版伦理的行为。COPE 以医学研究评议会为依托,与美国的研究诚信办公室一样,隶属于政府部门。在英国,学术造假者被揭露后不仅会在同行间声誉大跌,其科研资金来源更会成为严重问题,其学术生涯可能就此完结。

法国科技界认为对学术不端行为的防范、加强管理和法律制裁只是一种手段,提高研究人员的整体素质和自律性是解决问题的关键。所以,法国至今尚未出台任何专门针对在学术上弄虚作假的法律法规,而各研究单位一直提倡的也是加强行业道德教育。

德国有关机构以赫尔曼·布拉赫事件为契机,积极建立学术不端行为的防范机制。马普协会(Max Planck Society)制订了新的内部规定,以处理科学不端行为事件。德意志研究联合会(Deutsche Forschungsgemeinschaft,DFG)也发表了《委员会关于科学研究者自律的公告》,认为首先应该增强科学家们和学术界关于建立良好学术规范的意识,并强调处于领导地位的科学家有责任监督年轻的研究人员;同时,他们还强调为了长期防治学术腐败,必须加强对告发者的保护,并且要建立一个专家委员会,专门来回答有关学术不端行为法律方面的问题。此外,德国对学位及各种学术头衔的管理是直接由各联邦(州)的法律部门负责的,这方面的造假行为不仅会受到各学术部门的纪律处分,还将受到法律的制裁。

---

① [日]山崎茂明.科学家的不端行为——捏造、篡改、剽窃.杨舰等译.北京:清华大学出版社,2005:5

北欧四国也积极应对学术不端行为。1992 年丹麦设立了丹麦科学研究不端行为委员会(Danish Committee on Scientific Dishonesty,DCSD),主要是由丹麦医学研究评议会负责组织。该委员会把制裁措施和惩罚条例的制定、处理工作交给了不端行为当事人所在的研究机关。继丹麦之后,挪威(1994 年)、瑞典(1997 年)的国立医学研究评议会,芬兰(1994 年)的教育部,相继设立了处理科学不端行为的委员会。设立这些委员会不仅是为了制订预防措施,也是为了对被揭发的不端行为事件进行调查。

在日本,"日本学术会议"被称为"学者的国会",是专门调查和处理科学工作者行为不规范的机构。该机构的人员组成中,除了在科学上有较高建树的科学家外,还有法律专家、律师和社会学家。针对捏造论文数据等学术界存在的不正当行为,"日本学术会议"最近着手制订了新的"科学工作者行为规范"。山崎茂明教授在其2005 年出版的专著《科学家的不端行为——捏造、篡改、剽窃》中对科学研究不端行为进行了系统考察和研究。山崎茂明教授曾花了 4 年的时间,走访了欧美许多有关机构,考察了日本、美国和其他许多国家科学家的不端行为的案例,深入分析了学术不端问题存在的危害性及其产生的原因。山崎茂明教授不仅看到了科学家不端行为存在的普遍性,而且也努力探究了日本独特的解决途径。

2.2.2 国内学术不端行为的现状、产生原因及防范措施

我国科研领域的专家、学者秉承严谨求实的科学理念,坚持不懈地追求科学真理,学术界的风气一直比较好。但 20 世纪 90 年代以来,我国逐渐暴露出一些学术不端的事例,并逐步引起了社会关注。人们对科学研究不端行为的称呼有很多,诸如"学术造假"、"学术腐败"、"学术浮躁"等。我国的学术不端行为主要表现在两个方面:一是在科研立项和成果评价过程中,存在着人为操纵、不公平竞争、权钱交易、弄虚作假等现象;二是在科研过程中,存在着伪造、剽窃、抄袭、东拼西凑等现象。

国内学者对学术不端行为产生的原因从内在和外在等方面进行过分析研究。外在因素包括宏观的社会大环境、中观的学术制度环境以及个人所处的微观环境;内在因素则主要是指学术不端行为者的个人思想、心理等因素。王晓燕在其《学术腐败的诱因及其心理学分析》一文中分析了我国处于经济转型期制度建设的欠缺以及社会浮躁之风对学术界的影响,还探索了学术界一些研究人员的攀比心理、从

众心理和侥幸心理。祝海英在《学术腐败小议》一文中提出了相关法律法规的缺失，包括法律监督和舆论监督机制的漏洞，使一部分科研工作者有了投机钻营之机。张聪、张磊在《试论学术腐败及学术评价的定量化》一文中分析了现行学术奖励和学术评价制度的弊端，指出过分注重数量的评价和奖励制度会使科研工作者急功近利，很大程度上诱导了学术不端和学术腐败的产生。李师默的《网络环境下高校学术腐败现象的思考》一文中指出方便快捷的网络环境也是滋生高校学术腐败的温床。中安在其《学术的"功德"与"公德"》一文中指出，随着学术活动的职业化，一些学术研究活动已经违背学术初衷，成为追求功名的手段。

我国政府部门和各科研机构在防范学术不端行为方面也制定了一些相关规定，采取了一些防范措施和办法。

2002 年以来，科学技术部会同有关部门先后出台了《关于改进科技评价工作的决定》、《国家科技计划项目评审行为准则与督查办法》、《科技部落实建立健全惩治和预防腐败体系工作方案》、《科学技术评价办法（试行）》和《科技部科技计划课题预算评估评审规范》等十多个政策性文件。在"十一五"期间，科学技术部将加大现行各项规章制度落实力度，从七个方面继续做好防治学术腐败的工作：加强源头治理，确保立项公开、公正、透明；实行科技项目分类评价，纠正原有的导向不科学的弊端；项目评审突出质量为主，力戒学术浮躁浮夸；完善评审专家机制，防范评审中掺杂"人情"因素；建立诚信制度，加强科技人员道德自律；严格经费监管，提高经费使用效益；加强项目过程监管和验收，从多个关口把住项目执行质量和实施效果。

2004 年，教育部发布《高等学校哲学社会科学研究学术规范（试行）》；2006 年，教育部又印发了《关于树立社会主义荣辱观进一步加强学术道德建设的意见》；同时，筹组学风监督委员会，以配合其他手段共同打击学术腐败现象。教育部社政司、人事司及高教司还联合制定一些治理学术腐败的政策，另外有关部门正就学术引用的认定标准等做专门研究。2006 年，科学技术部、中国人民解放军总装备部、财政部联合发布了《国家高新技术研究发展计划（"863 计划"）管理办法》修订版。2006 年，中国科学技术协会组织开展了专门的调研活动，并起草了《科学家行为准则》草案；同年，由中国科学技术协会制订的一项关于为科研人员建立"诚信档案"的详细计划获得通过，通过"诚信档案"，科技工作者在科研项目中作弊、造假，以及论文剽窃等行为都会被记录在案，作为日后课题申请、评审的依据之一，从而在制度上对科研活动中的腐败、不端行为进行约束。2007 年 3 月，中国科学技术协会制订并发布了《科技工作者科学道德规范》，号召广大科技工作者坚持科学真理，维护科学诚信，自觉承担起民族复兴的历史重任；规范了科技工作者日常行为准则，包括课题申报、实验数据保存、科研合作、署名权原则、利益冲突、科学道德教育等问题；并对学术不端行为的界定提出了具体的标准；同时，明确了学术不端行为的监督处理原则和程序。

2007 年 2 月，中国科学院制订并颁布了《关于科学理念的宣言》和《中国科学院关于加强科研行为规范建设的意见》，前者从科学的价值、科学的精神、科学的道德准则和科学的社会责任等方面宣示了科学的理念；后者从建立和维护科研行为规范、明确科研行为的基本准则、加强学术环境建设、防治科学不端行为、加强领导、健全组织等方面提出了加强科研行为规范的具体意见和措施。中国科学院早年也针对院士群体发布了《中国科学院院士科学道德自律准则》。2006 年，中国科学院研究生院实行新的《学生纪律处分条例（试行）》规定，凡是在学期间，学生有抄袭、伪造数据、剽窃论文或科研成果等行为，如果其造假论文尚未公开发表的，给予留校察看以上处分，如果其造假论文已经公开发表，给予开除学籍的处分。

另外，还有一些高校和科研机构也制订并实施了一些规范学术不端行为的制度。如北京大学在 2005 年公布的《本科考试工作与学术规范条例》中规定，本科生凡是抄袭论文、雇人写论文或者替别人写论文的，一律开除学籍。此外，北京大学还出台了《北京大学教师学术道德管理规范》。清华大学颁布了《清华大学教师科研道德守则》，对科研活动的客观性、同行评议的规范性、科研活动中的利益冲突、科研成果产业化等进行规范，并提出了越轨行为的处理和处罚规定。

2.3　对学术不端行为的问卷调查

2007 年，我们对中国科学院 504 名青年科技人才进行了"关于学术不端行为问题的问卷调查"（问卷一），内容包括学术不端行为发生程度、产生的原因、对青年科技人才的影响以及针对学术不端行为的监管等方面。以下是调查的主要结果。

2.3.1　对学术不端行为现状的评价

通过问卷调查，大部分人认为自己所处的科研环境中学术不端行为还是比较少的。问卷询问了被调查者所在科研环境中各类学术不端行为发生的程度。关于"抄袭、剽窃他人科研成果"问题,62%的被调查者认为他们所处的环境中没有此类现象,仅有0.1%的人认为这种现象非常普遍;关于"捏造、篡改实验数据、方法或结果"问题,59%的人认为自己所处的环境中没有该现象,35%的人认为这种现象会少量出现,仅有0.1%的人认为这种现象比较常见;关于"捏造学术履历、职称"问题,75%的人认为自己所处的科研环境中没有此现象,并且认为这种现象在社会上不普遍,即使有也绝对属于少数;关于"夸大学术成果、研究能力或研究项目的学术价值"问题,46%的人认为这种现象还是会出现的,但是出现的比较少;关于"课题和项目的申请、评审、验收中不正当竞争"的情况,32%的人认为不存在,37%的人认为存在着少量的不正当竞争,19%的人认为这种现象比较常见,7%的人认为这种现象非常普遍;在"一稿多投"问题上,42%的人认为自己所处的环境中没有一稿多投的现象,47%的人认为较少出现,仅有2%的人认为一稿多投的现象非常普遍(图2-1)。

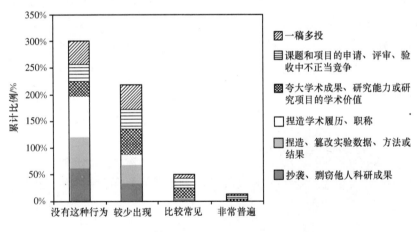

图 2-1 对各种学术不端行为发生程度的判断

另外,61%的人认为我国学术不端行为的发生程度,相对于欧美发达国家还是比较严重;30%的人认为与其他国家差不多;5%的人认为没有其他国家严重(图2-2)。这说明青年科技人才认为我国的学术不端行为还是比较严重的,应该予以高度重视。

"课题和项目的申请、验收、评审过程中的不正当竞争"、"夸大学术成果、研究能力或研究项目的学术价值"以及"一稿多投"行为等是比较常见的学术不端行为,而"抄袭、剽窃他人科研成果"、"捏造、篡改实验数据、方法或结果"等行为相对较少。有42%的人认为自己所处的科研环境中,"课题和项目的申请、验收、评审过

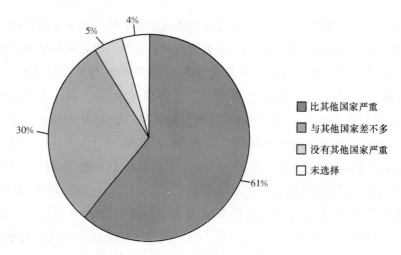

图 2-2　对学术不端行为严重程度的评价

程中的不正当竞争"行为比较常见；36％的人认为"夸大学术成果、研究能力或研究项目的学术价值"的行为比较常见；13％的人认为"一稿多投"的现象比较常见；有4％的人认为"抄袭、剽窃他人科研成果"的行为比较常见；有4％的人认为"捏造、篡改实验数据、方法或结果"的行为比较常见；仅有1％的人认为"捏造学术履历、职称"的现象比较常见(图 2-3)。

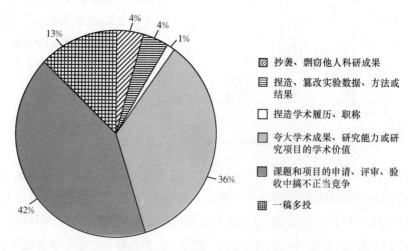

图 2-3　对各种学术不端行为是否比较常见的判断

　　很多人认为学术不端行为严重妨碍了我国的科学研究。20％的人认为学术不端行为对我国科学研究的妨碍程度很严重，有 56％的人认为"学术不端行为严重妨碍了我国的科学研究"，仅有 21％的人认为妨碍程度不严重（图 2-4）。

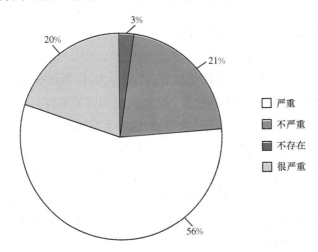

图 2-4　对学术不端行为妨碍我国科学研究工作程度的评价

　　绝大多数人对学术不端行为持坚决反对态度，但也有少数人持淡漠或容忍态度。62％的人认为学术不端行为"破坏了学术风气，应该谴责和反对"；6％的人会"积极揭发学术不端行为，并要求有关机构给予惩治"；20％的人认为"学术不端行为与自己无关，但自身保持学术行为端正"；仅有 6％的人认为"学术不端行为是环境所迫，无可厚非"（图 2-5）。

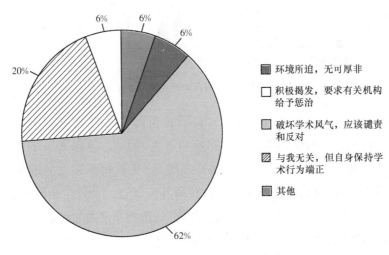

图 2-5　对待学术不端行为的态度

2.3.2 学术不端行为产生的原因

学术不端行为产生的主要原因包括:科研压力大、科研评价过于注重数量、缺少相应的法律和管理规定、个人品质低下及相关机构监管不力。问卷显示,分别有84%、81%、76%、75%和71%的人认为"科研压力大"、"科研评价过于注重数量"、"缺少相应的法律和管理规定"、"个人品质低下"和"相关机构监管不力"是对学术不端行为的产生影响较大和影响非常大的因素,仅有不到5%的人认为以上各项对学术不端行为没有影响。同时,分别有67%、64%和50%的人认为"同行评议制度不完善"、"科研环境所迫,不得已"以及"科研单位无视或默许"是影响较大和影响非常大的因素(图2-6)。

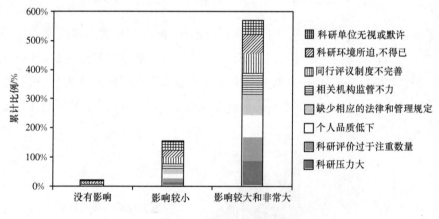

图 2-6 对学术不端行为产生原因的评价

分别有17%、16%、15%的人认为"科研评价过于注重数量"、"个人品质低下"、"科研压力大"是对学术不端行为影响非常大的因素;各有13%的人认为"相关机构监管不力"、"缺少相应的法律和管理规定"是影响非常大的因素;分别有10%的人认为"同行评议制度不完善"和"科研环境所迫、不得已"是影响非常大的因素;仅有6%的人认为"科研单位无视或默许"是影响非常大的因素(图2-7)。

课题经费提成、重奖 *NATURE* 和 *SCIENCE* 文章以及课题结余提现是易造成学术不端行为的激励方式。我们对119名青年科技人员的一项问卷调查(问卷二)结果显示,关于"最易产生学术腐败和学术不端行为的激励方式",有19%的被调查者将"课题经费提成"选择为排序为第一的易产生学术腐败和学术不端行为的激励方式,另外分别有14%、12%、11%的人选择"重奖 *NATURE*、*SCIENCE* 文章"、"课题结余提现"和"奖励 *SCI* 期刊文章"(图2-8)。

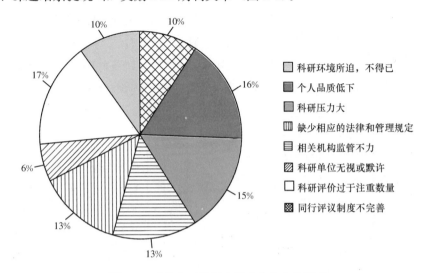

图 2-7 对学术不端行为影响非常大的因素

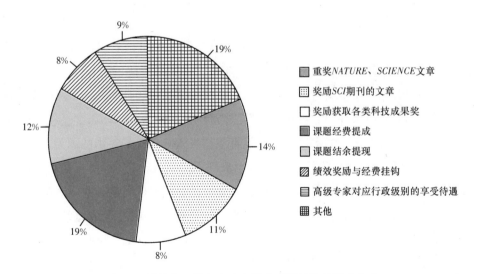

图 2-8 最易产生学术腐败和学术不端行为的激励方式

2.3.3 学术不端行为对青年科技人才的影响

学术风气是影响青年科技人才成长的最突出因素。在关于影响青年科技人才成长因素的调查中,我们列举了"学术风气"、"科研条件"、"生活待遇"以及"学术带头人的水平和品行"这四个因素。调查结果显示:分别有 78%、74%、69% 和 57% 的人选择"学术风气"、"学术带头人的水平和品行"、"科研条件"和"生活待遇"是对青年科技人才成长产生影响的比较重要或非常重要的因素(图 2-9)。

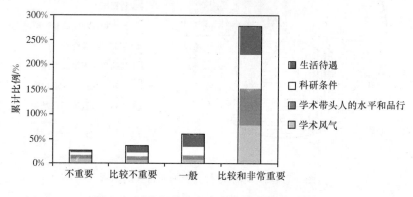

图 2-9 对青年科技人才成长影响因素的判断

在对影响青年科技人才成长非常重要因素的选择中可以看出,有 36% 的人认为"学术风气"是影响青年科技人才成长的非常重要的因素;31% 的人认为"学术带头人的水平和品行"是影响青年科技人才成长非常重要的因素;分别有 21% 和 12% 的人认为"科研条件"和"生活待遇"是非常重要的因素(图 2-10)。从统计数据可以看出,大多数人认为学术风气是影响青年科技人才成长最突出的因素。

学术不端行为对青年科技人才的影响表现在以下几个方面:使青年科技人才不能安心从事科学研究、不利于青年科技人才产出高质量的科研成果、不利于激发青年科技人才的创新热情和创造力以及使青年科技人才花过多精力跑项目和经费。我们在调查中发现,各有 26% 的人认为学术不端行为及浮躁的学术风气"使青年科技人才不能安心从事科学研究"、"不利于青年科技人才产出高质量的科研成果"、"不利于激发青年科技人才的创新热情和创造力",有 21% 的人认为学术不端行为及浮躁的学术风气"使青年科技人才花过多精力跑项目和经费"(图 2-11)。

可见,学术不端行为在这四个方面对青年科技人才成长都有相当程度的影响。

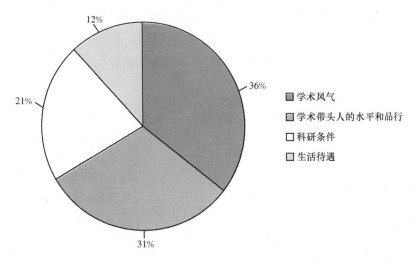

图 2-10　影响青年科技人才成长非常重要因素的比较

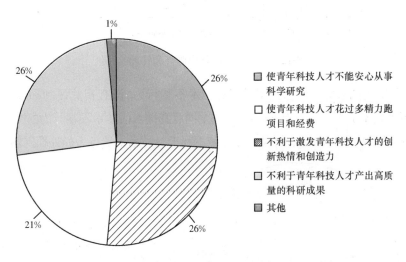

图 2-11　学术不端行为对青年科技人才的影响

2.3.4　学术不端行为的监管

被调查者普遍认为,我国对学术不端行为的监督和管理比较薄弱。在对我国现有学术不端行为监督与管理措施的评价问题上,分别有 88%、84%、81% 和 71%

的人对"没有相关评判和处罚机构"、"监督和处罚不够严厉"、"相应政策或管理措施薄弱"和"目前的风气和环境不利于对不端行为的处罚"都持完全同意和基本同意的态度,仅有不到5％的人持完全不同意的态度(图2-12)。可以看出,我国目前对学术不端行为的监督和管理措施仍然存在比较大的问题。

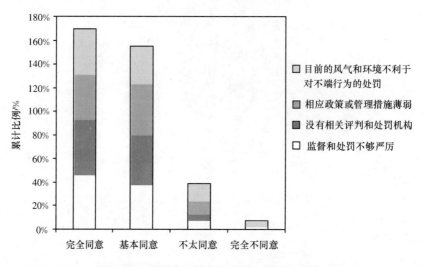

图2-12　对学术不端行为监督和管理的评价

各有27％的人完全同意我国目前对学术不端行为"没有相关评判和处罚机构"和"监督处罚不够严厉";各有23％的人完全同意我国目前学术不端行为的"相应政策或管理措施薄弱"以及"目前的风气和环境不利于对学术不端行为的处罚"(图2-13)。

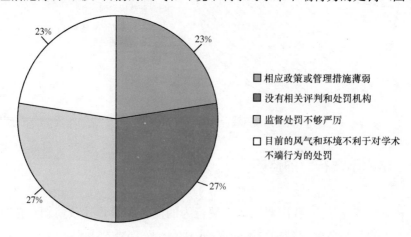

图2-13　对学术不端行为监管理措施现状评价的比例

2.4 政策建议

青年科技人才健康成长和有效开展科研活动,需要一个良好的学术氛围。研究表明,在我国对学术不端行为的管理亟待改进。根据国内外防范学术不端行为的经验和我们的调查结果,提出以下政策建议:

(1) 提倡自律,加强品德教育和创新文化建设

在防范学术不端行为方面,相关部门和各科研机构都有责任,但根本上要靠科研工作者的自律。我们的调查结果也表明个人品质问题是造成学术不端行为产生的一个重要原因,同时部分青年科技人才所表现出的对学术不端行为的漠视态度也值得关注。因此,对于青年科研人员,在他们科研生涯起始阶段就应该加强品德教育,培养他们端正思想,树立正确价值观,约束和规范自己的科研行为,抵制并防范学术不端和学术腐败。

科研单位应加强引导,树立诚信合作的精神,构建激励创新、诚实守信、和谐奋进的创新文化。对于处于关键成长阶段的青年科技人才,特别要通过营造健康的学术氛围和人文环境,引导他们信守科学道德。

(2) 提高课题申请、审批等过程的透明度,建立和完善监督机制

我国学术不端行为的主要表现之一是在课题和项目的申请、审批等过程中的不正当竞争。因此,要通过提高项目申请、审批和评审以及科研经费监管等过程的透明度来约束研究人员,通过完善信息档案系统来监督和管理科研项目立项和课题审批进程。建立科技人员学术诚信档案,作为对科技人员聘任专业技术职务或者职称、审核审批科技人员申请科研项目等的依据。

(3) 完善现有的科研评价和激励体系,构建宽松、和谐的科研环境

科技人才认为造成现有学术不端行为产生的主要原因之一是科研评价过于注重数量。因此,改变和完善现有的科研评价体制是防范学术不端行为的重要手段。特别是要改变现有的过于注重科研成果数量的评价方法,加强对科研成果质量的评价,并进一步推广和加强国内外同行评议制度。

另外,个人收入与承担项目经费关联度太大,是导致学术腐败产生的因素之一。因此,要完善激励制度,根据工作绩效表现,确定绩效分配标准,规范人员经费管理,并加强对内部分配的监督和管理。

(4) 加大对学术不端行为的监管和处罚力度

我国对于学术不端行为的监管比较薄弱,一直以来,对于学术不端或者学术造假行为,大多是通过行政手段予以处罚,掌握的尺度不尽规范。各科研机构应设立科研道德组织或明确由学术委员会行使相应职权,加强科研道德建设,严肃处理任何程度的学术不端行为。对一些使国家和人民利益蒙受损失的事件,应追究其法律责任。国家相关部门应负责受理对学术不端行为的投诉,健全学术不端行为防范与处置的长效机制。

3 激励政策与青年科技人才成长

如何结合各类人才的需求和动机,有针对性地制定激励政策,是人力资源管理的重要问题。青年科技人才正处于成长阶段,有其独特的需求特征,应相应的为青年科技人才制定有助于其成长和发展的一系列激励政策。本部分主要从青年科技人才的需求和激励政策两方面进行分析。

3.1 青年科技人才的需求分析

3.1.1 青年科技人才的主要需求

青年科技人才作为有鲜明特征的一类人群,其所处的成长阶段以及所从事的工作性质决定了其主要需求,具体表现为以下几个方面:

（1）物质方面的需求

青年科技人才经历多年寒窗苦读,终于学有所成,走上能够实现他们抱负的科研岗位。在拥有一份高尚职业的同时,他们也要面对许多现实的问题。例如恋爱、家庭、住房、赡养父母和抚养子女等问题。这些对于刚参加工作、工资待遇偏低的青年科技人才来说,可能构成沉重的财力负担。此外,随着我国社会主义市场经济改革的不断深入,拥有高学历的青年科技人才对自身利益也日趋重视。在许多人看来,薪金的多少不仅仅是满足基本的生存需要,而且是一个人自我价值的体现。美国心理学家史坦斯·亚当斯的"公平理论"认为,员工的工作动力不仅受其所得报酬的绝对水平影响,而且受到报酬相对水平的影响。作为高素质群体的青年科技人才,他们比一般员工更为关注公平因素,他们经常会不自觉地把自己的付出和收入与他人进行比较。不公平感一旦产生,就会影响工作积极性,进而会把大部分精力放到修正这种不公平上,影响工作。

(2) 个人成长的需求

青年科技人才所处的人生阶段,决定了他们对个人成长和发展方面的强烈需求。一方面,青年科技人才有更新知识和不断提高自身水平的需要。知识是他们的工作和生产手段,而现代科技知识更新的速度惊人,青年科技人才需要不断学习新的知识,跟踪所在科研领域的前沿研究和进展。另一方面,青年科技人才希望在工作中专业技能得到提升,实现职业发展。青年科技人才对个体成长的不懈追求,某种程度上超过了他们对组织目标实现的追求。因此,科研组织除了要为青年科技人才提供一份与其贡献值相对称的报酬,还要充分理解青年科技人才的个人学习需求和职业发展意愿,为其提供良好的学习环境和适合的事业发展机会。

(3) 成就的需求

青年科技人才拥有知识资本,他们到科研岗位工作,并不单纯为了生存而工作,而是有着发挥自己的专长、成就事业的追求。他们要求工作有挑战性,并不满足于被动地完成一般性的事务,他们希望在钻研科研难题的挑战中获得满足,得到社会承认。在他们看来,科研工作的成果是对他们能力的证明,是自我价值体现的一种方式。根据麦克利兰的"成就需要理论",实现事业成就是有追求卓越、实现目标和争取成功的个人内在需要。青年科技人才普遍具有高度的个人成就需要,把工作与兴趣结合起来,力求通过自身努力,把事情做得更好,实现理想和追求。

(4) 尊重与参与的需求

青年科技人才追求自我实现,同时也希望融合到组织中,希望得到尊重和信任。青年科技人才从事的工作具有创新性、复杂性等特点,他们追求比较宽松、自由的工作环境,强调工作中的自我引导和自我管理。在制定各项规章制度和政策的过程中,青年科技人才希望能够参与其中,希望能够得到尊重,而不是被动地接受管理。

3.1.2 青年科技人才需求调查

关于青年科技人才的需求特点及满意程度,我们对中国科学院 504 名青年科

技人才所进行的问卷调查(问卷一)显示:

中国科学院青年科技人才各方面的需求满意程度较高。对所列各项需求的满足程度,绝大多数被调查者表示"很满意"(8%~28%)或"基本满意"(40%~63%);仅有少数调查者对某些方面的需求表示"不满意"(10%~30%)或"非常不满意"(1%~15%)(图3-1)。

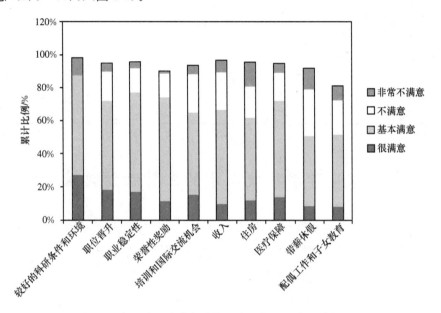

图 3-1　中国科学院青年科技人才对各项需求的满意程度

中国科学院青年科技人才最满意的前五项需求是:较好的科研条件和环境、职业稳定性、荣誉性奖励、职位晋升、医疗保障;最不满意的前五类需求是:住房、带薪休假、收入、配偶工作和子女教育、培训和国际交流机会。对于最满意的前五项需求,满意程度都达到了70%以上,其中对"较好科研条件和环境"的满意程度达到了87%以上,这说明中国科学院在为青年科技人才提供良好的科研环境方面做得很好。然而,对于相对不够满意的5项需求,不满意程度达到了28%以上,其中对于"住房"和"带薪休假"不满意的比例分别达到44%和40%(表3-1)。这些不满意的需求正是我们对青年科技人才制定激励政策时需要重点考虑的方面。

表 3-1　中国科学院青年科技人才各项需求满意程度

项　目	满意/%	不满意/%	无法判断/%
较好的科研条件和环境	87	11	2
职业稳定性	77	19	4
荣誉性奖励	74	16	10
职位晋升	72	22	6
医疗保障	72	22	6
收　入	66	30	4
培训和国际交流机会	65	28	7
住　房	52	44	4
配偶工作和子女教育	52	29	19
带薪休假	51	40	9

3.2　青年科技人才的主要激励政策

科研组织需采取有效措施,将优秀的青年人才吸引到科研队伍中来,满足他们基本的物质和精神需求,尊重他们的劳动,使他们在科研团队中卓有成效地开展创造性的工作。实现这些目标,采取积极有效的激励政策十分重要。

3.2.1　国外青年科技人才激励政策

各国都很注重青年科技人才的培养,纷纷出台了针对青年科技人才的培养计划和资助项目,建立了灵活的用人制度。

(1)专项人才培养计划

澳大利亚 2001 年开始实施"强化澳大利亚能力"人才计划,即通过设立联邦奖学金、博士后奖学金、优秀人才中心、研究生贷款、扩大目标领域招生规模等方式,加强培养各类科学前沿的青年人才,该计划实施耗资达 30 亿澳元。韩国实施的"国家战略领域人才培养综合计划",目的是要在信息技术、生物工程技术、纳米技术、环境工程技术、宇航技术和文化产业技术等 6 个领域内培养 40 万名优秀青年人才,加快青年人才队伍的建设,以提高国家的科技竞争力。德国批准的"顶尖科研资助项目"以及"独立青年研究小组",将在 2006～2011 年投入 19 亿欧元,打造一批世界一流大学和一流科研机构,着力培养青年科学家;投入巨资设立 40 个专门项目的研究院所,每年分别资助 100 万欧元。

(2) 薪酬和科研资助

英国政府近年来显著提高了博士研究生的基本津贴,较大幅度地改善他们的待遇,以吸引更多的高素质青年科技人才。日本针对青年科学家的培养,专门设立了青年科学家补助金,以支持 37 岁以下科研人员独立开展研究工作。凡获得补助金的青年科学家,在 2～3 年内,可获 500 万～3000 万日元不等的经费资助。德国联邦政府 2000 年设立青年科研岗位,由联邦教育与研究部拨专款,资助对象为获得博士学位的青年学者,每年选拔 10 名新成员,每人每年可获得 25 600 欧元的研究资金,用于独立开展研究项目,成员资格最长为 5 年。俄罗斯为青年科学家设立了国家科学奖学金,每年资助 500 名大学毕业走上工作单位或考进俄科学院研究生班的青年人才,获奖人员可以暂缓服兵役。俄罗斯对青年科学家的支持还表现在其他形式上,如提供俄联邦总统补贴、按项目资助青年科学家、提供住房优惠等。印度制定了"青年学者快速追踪计划",鼓励和支持 35 岁以下的青年科研人员在科学技术前沿领域独立开展高水平研究工作,凡获得该计划支持的青年科学家,3 年内可获得 100 万卢比经费的资助。

(3) 灵活的用人制度

一些曾将科技人才作为公务员管理的发达国家,为了吸引和稳定优秀青年科技人才,已开始采用灵活的用人制度。日本文部科学省推出鼓励年轻学者研发活动的人才政策,从 2004 年起在大学新设"任期制助教授"(副教授)职位,从而保证这些年轻学者能够自由地开展学术研究活动。该项目针对已取得博士学位的 30 岁以下学者,任期 3～5 年,在此期间由国家拨付工资和研究经费,并对其所在大学或研究机构给予资助。日本理化研究中心为了培养青年科学家,对未满 35 岁、拥有博士学位并有潜力的人员实行特别研究员制度;对不满 40 岁、取得博士学位并有 3 年以上研究经历的优秀学者实行独立主干研究员(相当于教授)制度。德国联邦政府在 2002 年设立青年教授席位,它是一种替代原有教授资格考试、申请终身教授的新途径,目的在于让青年学者能够尽早开始独立教学、科研和指导博士生。

德国马普协会实行"独立青年研究小组"计划,其目标是使青年科学家在一定期限内在某个特殊研究领域具备独立研究能力,获得该计划支持的青年科学家有一半取得了德国或国外大学的 C4 教授(正教授)资格。

3.2.2 国内青年科技人才激励政策

我国科技人才队伍的迅速发展,在很大程度上得益于一系列合理的科技政策、人事政策,包括针对青年科技人才的科技奖励、人才计划、津贴政策等。其中,比较突出的几项激励政策有:

(1) 有突出贡献的中青年专家政策

1984 年中央组织部、中央宣传部、人力资源和社会保障部、财政部联合发出《优先提高有突出贡献的中青年科学、技术、管理专家生活待遇的通知》。此后,又陆续出台了一系列相关政策,提高中青年科技人才的生活待遇。1984～1998 年,全国共选拔了八批有突出贡献的中青年科学、技术、管理专家。这对于深入贯彻、落实中央知识分子方针、政策,激励有突出贡献的中青年专家,促进中青年人才的成长起到了良好的作用。

(2) 百千万人才工程

自 1995 年起,人力资源和社会保障部会同有关部门组织实施了培养造就年轻学术、技术带头人的专项计划——"百千万人才工程"。到 2000 年,入选"百千万人才工程"的各类人才近万名,形成了分层次、多渠道培养造就优秀年轻人才的工作体系,有力地推动了全国高层次专业技术人才队伍建设。2002 年起,面对新世纪的新形势,人力资源和社会保障部等部门又制定实施了"新世纪百千万人才工程",旨在根据我国社会主义现代化建设第三步战略目标和实施人才战略的总体部署,到 2010 年,培养造就数百名具有世界科技前沿水平的杰出科学家、工程技术专家和理论家;数千名具有国内领先水平,在各学科、各技术领域有较高学术和技术造诣的带头人;数万名在各学科领域里成绩显著、起骨干作用、具有发展潜能的优秀年轻人才。"新世纪百千万人才工程"每两年组织一次选拔工作,每次选拔人员500 名左右,选拔对象为:热爱祖国,有强烈的事业心、较高的学术造诣和较强的组织协调能力,其学术和技术水平在国内同行中具有一定的优势,年龄在 45 周岁(含 45 周岁)以下的优秀青年人才。目前,"新世纪百千万人才工程"已逐渐成为海内外高层次青年人才聚集的战略高地,有力地推动了青年人才脱颖而出,在一定程度上缓解了我国学术和技术带头人队伍青黄不接的现象,对推动我国高层次人才队伍建设具有战略意义。

(3) 中国青年科学家奖评选

1992 年,国家多个部委共同推出了"中国青年科学家奖",旨在表彰奖励在科学领域取得重大科技成果的青年科学家,激励青年科技工作者积极投身科教兴国的伟大实践,赶超世界先进水平。"中国青年科学家奖"每两年评审 1 次,授予 45 周岁(含 45 周岁)以下在数学、物理(含天文、力学)、化学、生命科学、地球科学、技术科学、管理科学等 7 个学科领域内作出重大科研成果,对学科的研究和发展具有现实推动作用和深远影响的青年科技工作者。截至 2006 年,"中国青年科学家奖"评审活动已开展了 6 届,共有 94 名获奖。其中 59 名获得"中国青年科学家奖",35 名获得提名奖。在获奖者中,已有 25 名当选中国科学院院士或中国工程院院士。这一奖项表彰宣传了为我国科技事业作出突出贡献的杰出青年科学家,在社会上,特别是在广大青年科技人员中产生了较大的反响。

(4) 中国青年科技奖评选

1987 年 9 月中国科学技术协会设立"中国青年科技奖",奖励 35 岁以下的杰出青年科技工作者。1994 年起,中央组织部、人力资源和社会保障部、中国科学技术协会研究决定,将"中国科学技术协会青年科技奖"更名设立为"中国青年科技奖",面向 40 岁以下的从事自然科学和交叉科学的青年科技工作者,旨在造就一批进入世界科技前沿的青年学术和技术带头人;表彰奖励在国家经济发展、社会进步和科技创新中作出突出成就的青年科技人才。该奖励每两年评选 1 次,每届获奖人数不超过 100 名。20 多年来,"中国青年科技奖"已评选表彰了 10 届,共有 998 名青年科技工作者获奖。为支持部分获奖者开展科学研究、出版学术著作和参加国内外学术交流,还通过向海内外团体、企业和个人募集资金,设立"中国青年科技奖奖励基金"。

(5) 国家杰出青年科学基金

"国家杰出青年科学基金"是于 1994 年由国务院正式批准设立,是党和政府为了实施人才强国战略所采取的一项具有远见卓识的重大措施。项目主要资助跨世纪优秀学术带头人,目前累计有 1174 名青年学者得到资助。[①] 国家杰出青年科学基金获得者正在或已经成为我国基础研究创新的中坚力量。他们当中先后有 30 名当选为中国科学院院士或中国工程院院士。从近几届中国科学院院士增选情况来看,50 岁以下的内地新增院士全部为国家杰出青年科学基金获得者。在国家自然科学基金近年资助的 76 个"创新研究群体"中,有 67 个群体的学术带头人是国家杰出青年科学基金获资助者。近 4 年,共有 15 名国家杰出青年科学基金获得者作为第一获奖者获得了"国家自然科学奖"二等奖,有相当一批获资助者在国家重大研究项目或重大研究计划中担任首席科学家或学术带头人,还有一些正在科技领导岗位发挥重要的作用。实施"国家杰出青年科学基金",不仅稳定了大批青年科学工作者在国内开展研究工作,还吸引了一批海外人才回国施展宏图,目前国家杰出青年科学基金获得者中在国外取得博士学位的占 32.8%。

(6) 派遣留学生

充分利用海外科技资源,培养青年科技人才,是我国的一项重要开放政策。1978 年以来,我国政府陆续派遣了大批青年科技人才出国留学,并鼓励和吸引他们学成回国工作。为加强管理和服务,教育部及其他有关部门先后制定了 400 余份关于出国留学选派、国外管理、回国工作、为国服务、出入境便利、海关、工资待遇、科技活动资助等方面的政策文件。这些政策不仅激励了大批学子出国深造,也激励着越来越多的留学人员回国服务。据教育部统计,1978～2007 年,各类出国人员总数约 121.17 万,留学回国人员总数约 31.97 万,目前在海外留学人员总数约 89.2 万。[②]

(7) 建立博士后制度

我国的博士后制度是在改革开放的大环境下,借鉴了国外博士后制度和培养年轻高级人才的经验,于 1985 年经国务院批准开始实行的。博士后制度符合青年科技人才的流动性需求,促进了人才成长。20 多年来,这一制度为我国培养了一

---

① http://www.nsfc.gov.cn
② http://www.edu.cn

大批优秀人才,截至 2007 年年底,全国累计招收博士后研究人员 51 768 名。[①] 为激励更多的优秀人才加入博士后队伍,也为了激励博士后安心工作,有关部门先后出台了大量激励性政策文件。

3.2.3　中国科学院青年科技人才激励政策

中国科学院在不同的历史时期,针对青年科技人才先后制定了一系列的激励政策和措施。在用人制度、分配制度等方面向青年科技人才倾斜,加强对青年科技人才的培养、支持和奖励。

(1) 通过用人制度和分配制度改革,激励青年科技人才

1) 专业技术职务特批。1987 年,中国科学院开始实施"特批"制度。在德才兼备的前提下,经过严格评审,45 岁以下(35 岁以下)的优秀科技人员晋升高级(副高级)专业技术职务,可以不受所级单位指标控制而由中国科学院直接批准晋升。这一制度打破了原有的上级统一部署、下达具体名额、单位对所有年龄段人员统一评定专业技术职称的做法,冲破了计划经济时代留下的"论资排辈"习惯。其目的是选拔优秀青年科技人才进入关键科研岗位,实现科技队伍的代际转移。1987~1997 年,"特批"制度实施了 11 年,共"特批"高级(副高级)专业技术职务人员 2018人,从根本上解决了文化大革命造成的高级专业技术人员"断代"问题,一批年富力强的优秀青年科技人才跨入到科研主战场。其中相当一大批青年科技人才成为中国科学院各学科的带头人、国家重点实验室负责人、国家或中国科学院重大项目和重点项目负责人。仅 1987~1996 年,就在"特批"人员中产生了中国科学院院士 2名,中国工程院院士 1 名、省部级领导 3 名、研究所领导 66 名,还有一大批研究室主任和课题组组长;有 14 名获得第一、二、三届"中国青年科学家奖";65 名获得1994~1996 年度"国家杰出青年科学基金"资助,占同期中国科学院获得国家杰出青年科学基金资助项目的 92%。

2) 实行岗位聘任制度。1999 年,中国科学院开始推行岗位聘任制,并在此后陆续实行项目聘用制和人事代理制度。通过用人制度改革,选拔优秀青年科技人

---

①http://www.chinapostdoctor.org.cn

才进入关键岗位,并给予匹配支持;同时,促进人才流动,形成岗位聘任、项目聘用和流动人员(包括研究生、博士后、访问学者等)相结合的队伍结构。岗位聘任制度的实施和完善,将逐步确立规范稳定的科技人事制度。目前,由于社会保障体系改革滞后产生的人员流转不畅等问题,在一定程度上导致了特定年龄段人才沉淀的"玻璃天花板"现象,这不利于青年人才的成长。

3) 分配制度改革。中国科学院自实施"知识创新工程"以来,不断深化分配制度改革,逐步形成了规范的以"三元结构"为主的分配制度,即"以基本工资为基础、岗位津贴和绩效奖励为调控手段的薪酬配置及增长机制"。其中,岗位津贴和绩效奖励向项目(课题)负责人及骨干科技人员倾斜,增强了对优秀青年科研人员的激励作用,激发了他们的创新积极性。此外,中国科学院也积极探索知识和技术要素按贡献参与分配的形式,鼓励科技人才通过专利许可、技术转让、技术入股、创办高技术企业等方式取得回报。这些措施克服了分配上的平均主义,使优秀的青年科技人才有机会通过突出的业绩和贡献获得较高回报,激励了青年科技人才的成长。

(2) 青年科技人才奖励与培养支持计划

1) "青年科学家奖"。1989 年中国科学院设立了"青年科学家奖",迄今为止,已经评选了 7 届,共有 244 名青年科学家获此殊荣。2000 年,中国科学院结合"知识创新工程"试点工作的要求,对奖励条例进行了修订,分设科学创新奖、技术创新奖和科学管理奖,每两年(逢奇数年)评选一次,每次评选 50 名,以表彰和鼓励新一代的优秀学术、技术带头人和管理人才。该项奖励对于在科学技术工作中做出优异成绩的青年科技人员起到了很大的激励作用。

2) "王宽诚西部学者突出贡献奖"和"卢嘉锡青年人才奖"。2008 年,中国科学院与王宽诚教育基金会合作设立了"王宽诚西部学者突出贡献奖"和"卢嘉锡青年人才奖"。前者用于奖励 45 岁以下扎根西部、在科技创新活动中做出优异成绩的西部学者;后者用于奖励 35 岁以下具有良好的潜质和较强的创新能力、在科技创新和产业化工作中取得突出成绩的青年科技人员,首届奖励了 20 名西部学者和 50 名青年科技人才。

3) "百人计划"。多年来,中国科学院把造就一支高素质的青年科技人才队伍,尤其是跨世纪学术带头人队伍作为一项重要任务。1994 年,启动实施了"百人计划",以加快引进和培养青年学术带头人的步伐。入选人员一般具有博士学位,基础扎实,知识渊博,年富力强,能够带领科研群体立足于本国艰苦创业。知识创新工程实施以来,"百人计划"由当时单纯引进国内外优秀人才的计划,发展成为了包括"引进国外杰出人才计划"、国内"百人计划"、项目"百人计划"以及"国家自然科学基金"获得者入选"百人计划"等引进和培养相结合的综合性人才计划,使中国科学院科技人才队伍建设进入了一个新的阶段,吸引人才的数量和质量都有了大幅度提高。1994~2007年,通过该计划支持1417名,引进海外杰出人才987名,培养和支持国内优秀人才430名,他们已成为中国科学院科技创新的骨干力量。

4)"西部之光"人才培养计划。早在1996年,从促进西部地区科技和经济协调发展的角度出发,作为提高西部科技创新能力的一项举措,提出了"西部之光"人才培养计划。1997年,中央组织部和中国科学院共同实施这一计划。11年来,中国科学院投入经费总计1.1亿元,吸引地方匹配经费1200多万元,以资助科研项目形式,共支持青年科技骨干429名,培养在职博士生135名。

5)"创新团队国际合作伙伴计划"。2002年中国科学院启动吸纳海外智力的"创新团队国际合作伙伴计划",目的是通过吸引和凝聚一批国内外优秀青年科学家从事学科交叉研究,培育和形成新的学科生长点,形成优秀人才的团队效应和资源的有效富集。该计划邀请国内外具有良好合作基础的优秀青年科学家各6名左右组建创新团队,科学家们围绕共同的科技目标,彼此的研究方向具有一定的交叉性,相互之间形成强强联合的关系;团队的海外成员一般为某研究领域的知名青年专家,国内成员也是符合特定要求的杰出青年科学家。至今通过该项目支持,已建立了51个科技创新团队,部分团队已经完成了科研目标。

6)"知识创新工程"项目资助。"知识创新工程"实施以来,中国科学院通过自行组织的科技项目,加强对优秀青年人才的支持,有效促进了青年科技人才的成长。这些举措如:创新基地部署的领域前沿重要方向性项目必须配备1名以上青年科技人才担任项目负责人之一;研究所部署的领域前沿项目必须保持50%以上支持青年科技人才,每个项目必须配备1名以上青年科技人才担任项目负责人之一;各研究所设立青年科技人才培养基金,支持青年科技人才自主开展领域前沿探索;中国科学院每年资助约1亿元科研启动专项经费,支持34岁以下的青年科技人才。

7)公派留学计划。中国科学院的留学和海外人才工作始终走在全国前列,自改革开放以来持续选派优秀青年科技人才赴发达国家留学,并不断拓展工作模式,提高留学成效,不断加强吸引海外优秀留学人才回国工作的力度。1991 年设立了"青年学者学术讨论会"项目,鼓励和支持海外学者与国内学者加强交流和合作;1994 年设立"短期留学"项目,使留学派出项目多样化;1996 年推出高级访问学者计划;此外还设立了"王宽诚科研奖金"项目,吸引国外学有所成的学者短期回国服务。1998 年实施"知识创新工程"以来,先后又推出了"海外评审专家系统"、"海外博士生导师制度"、"海外杰出学者基金"、"爱因斯坦讲习教授计划"、"外籍青年访问学者奖学金计划"等一系列政策和措施,进一步丰富和发展了留学相关计划。改革开放以来,中国科学院共派出公派留学人员 1.4 万名,有 1 万多名学成回国;实施知识创新工程以来的十年间,向美国、英国、德国、法国、日本等 40 多个国家和地区派出各类留学人员 3491 名(其中访问学者 2955 名,研究生 462 名),学成回国人员 2887 名。①

3.3 中国科学院青年科技人才激励现状调查

我们针对青年科技人才激励的相关问题进行了问卷调查,主要包括青年科技人才激励的内外因素、激励的现状和主要激励措施等相关方面的问题(问卷二)。在武汉、北京、长春共有 119 名研究员或 35 岁以下科研人员参与了此项调查。以下是主要调查结果。

(1) 绝大多数青年科技人才从事科学研究的动力来自于对科学研究的兴趣

对于从事科学研究的最大动力,选择"对科学研究有兴趣"的调查者累计有 108 人,占被调查者人数的 82%(图 3-2);其中有 97 个被调查者单独选择该项,占到被调查人员总数的 81.5%。不言而喻,绝大多数青年科技人才从事科学研究的动力来自于对科学研究的兴趣;仅有极个别的人把"当科学院或工程院院士"、"拥有一份体面的职业"或"希望从成果转化中获得理想的回报"作为最大动力。

(2) 物质报酬仍然是青年科技人才的重要激励方式

从激励方式的重要性排序结果可以看出,将"物质报酬"这一激励因素排在第

---

①刘毅.新时期出国留学工作形势分析及对策.科学新闻,2008,(5)

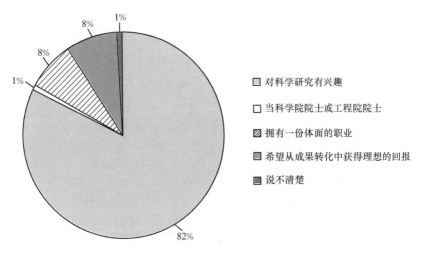

图 3-2　从事科学研究的最大动力

一的被调查者占到被调查者总数的 34％,相对于其他激励因素,这一比重比较大;其次是"精神(荣誉)奖励"和"职位晋升"这两个激励因素,分别有 19％和 13％的被调查者将其选为第一重要的激励方式;将"培训和国际交流机会"、"带薪休假"、"配偶工作和子女问题"、"住房"等其他几个列为第一重要激励因素的被调查者所占比重很少,且基本相当(图 3-3)。

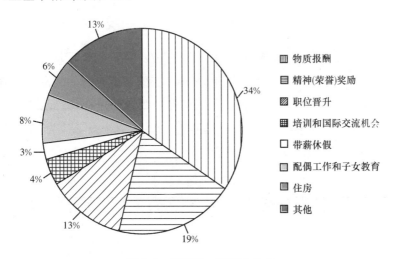

图 3-3　排序第一的激励方式

各激励方式累计选择的统计结果与排序选择的统计结果基本一致,但需说明的是,"培训和国际交流机会"、"配偶工作和子女问题"、"住房"这三种激励方式累计选择的比重较排序选择的比重明显增大(图 3-4),说明这几种激励方式虽没被排列为第一重要,但也被选择为重要的激励方式之一。

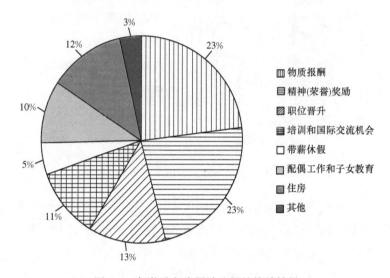

图 3-4　各激励方式累计选择的统计结果

(3) 青年科技人才现有收入与理想收入水平有一定差距

关于年总收入,96％的被调查者的年总收入在 4 万～15 万元,其中,多数人(44％)的收入在 7 万～10 万元的水平上;各有 2％的被调查者的年总收入在 3 万元以下或在 16 万～20 万元,没有被调查者的年总收入超过 20 万元(表 3-2)。对于现在的收入水平与理想收入水平的差距,有 42％的被调查者认为"基本持平",但仍然有 39％的被调查者认为"差距很大"(图 3-5)。

表 3-2　年总收入统计

年总收入/万元	3 以下	4～6	7～10	11～15	16～20	20 以上
被调查人数	3	33	52	29	2	0
占百分比/％	2	28	44	24	2	0

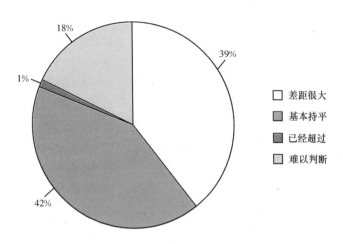

图 3-5　现有收入与理想收入的差距

（4）给予较好的科研条件和环境是青年科技人才最需要的激励方式

　　不同年龄段的人可能有不同激励需求,我们对青年科技人才现在最需要的激励方式进行了调查,结果显示,35％的被调查者认为"获得较好的科研条件和环境"是最需要的激励方式,19％的被调查者认为最需要的激励方式是"较好的工资待遇和福利",此外各有 10％的被调查者认为"获得较高的学术地位"和"科技成果奖励"是最需要的激励方式,仅有 1 名被调查者选择"获得较高的行政管理岗位"这一选项。这说明只有极少的科研人员期望从事管理工作,绝大多数期望在较好的科研条件和环境下,有较好的工资福利作保障,取得科研业务上的进步和发展(图 3-6)。

（5）课题经费提成的激励方式容易诱导产生学术不端行为

　　对于"最易产生学术腐败和学术不端行为"的激励方式的选择,有较多的被调查者将"课题经费提成"、"重奖 NATURE、SCIENCE 文章"、"课题结余提现"和"绩效奖励与经费挂钩"选择为最易产生学术腐败和学术不端行为的激励方式(图 2-8)。

　　对于"最易产生学术腐败和学术不端行为"的激励方式,排序选择与累计选择结果的统计结果基本一致(表 3-3)。结果凸显了除"课题经费提成"和"课题结余提现"之外,"绩效奖励与经费挂钩"等政策的不合理性。

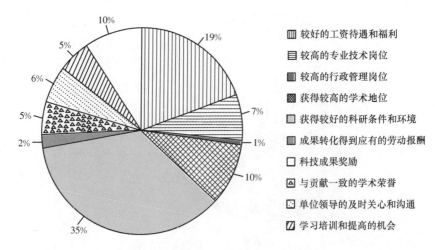

图 3-6 青年科技人才最需要的激励方式

表 3-3 "最易产生学术腐败和学术不端行为"的激励方式问卷调查统计

项　目	选择排在第一的次数	累计选择的次数
1. 重奖 *NATURE*、*SCIENCE* 文章	17	25
2. 奖励 SCI 期刊的文章	13	28
3. 奖励获取各类科技成果奖	9	15
4. 课题经费提成	22	38
5. 课题结余提现	14	36
6. 绩效奖励与经费挂钩	10	35
7. 职务或岗位晋升只强调科研能力和学术水平	4	11
8. 建立单位学术荣誉墙	0	3
9. 高级专家对应行政级别的享受待遇	11	24
10. 技术转化中个人分股	4	11
11. 其　他	15	7
总　计	119	233

（6）把发表文章的数量作为考核评价指标非常不合理

在关于"现行人才评价和绩效考核最不合理指标"的选择中，其排序选择和累计选择结果基本一致，最不合理的指标是"发表文章数"和"科研经费数量"（表 3-4，

图 3-7）。

表 3-4 "现行人才评价和绩效考核中最不合理的指标"统计

项 目	排序选择的次数	累计选择的次数
1. 发表文章数	41	52
2. 科研经费数量	28	55
3. 学术荣誉或学术任职	21	42
4. 获各类奖项的级别和数量	12	34
5. 获专利数	6	18
6. 是否承担国家重大项目	8	28
7. 其 他	3	1
总 计	119	230

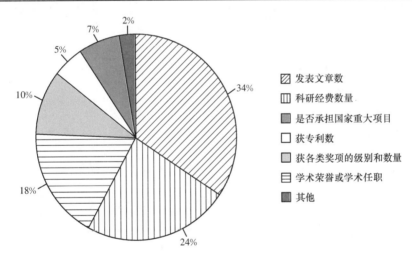

图 3-7 "现行人才评价和绩效考核中最不合理指标"的排序统计结果

首先有 34％的被调查者选择"发表文章数"为最不合理的指标；其次是有 24％的被调查者选择"科研经费数量"；再次有 18％的被调查者选择"学术荣誉或学术任职"。这说明以"发表文章数、科研经费数量、学术荣誉或学术任职"这三项指标来评价科研人员存在很大争议（图 3-7）。其余三项指标，即"获各类奖项的级别和数量"、"获专利数"和"是否承担国家重大项目"的选择比率很少，说明这三个指标在一定程度上可以更好地反映科研业务水平。

上述结果与我们对 504 名青年科技人才进行的关于"现行人才评价和考核制

度"调查的结果一致(问卷一)。调查表明,现行的人才考核评价体系过度强调发表论文数量和争取科研经费数量,对科研成果的质量重视不足。大多数人认为现行的人才评价和考核制度对"其他"这一指标明显重视不足,而对"发表文章数"和"科研经费数量"这两个指标明显强调过度,其余"获专利数"、"学术荣誉或学术任职"、"获各类奖项的级别和数量"以及"是否承担国家重大项目"这四项指标也稍有一定程度的过度强调(图3-8)。

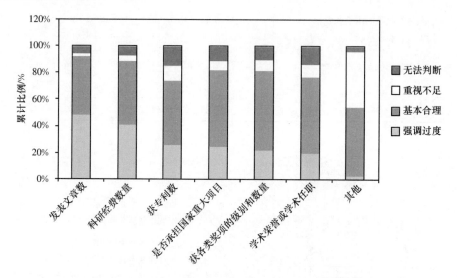

图 3-8 现行人才评价和绩效考核体系中指标合理程度

(7) 考核评议频繁、考核评价不能真实反映个人的科研能力和学术水平是现行考核评价方法的主要问题

在"关于科研人员从事研究工作和个人发展影响因素"的调查中,有35%的被调查者将"考核评议频繁"排序为第一"最大影响因素",其次分别有21%和15%的被调查者认为"考核评价不能真实反映个人的科研能力和学术水平"以及"考核程序和流程不规范"是第一"最大影响因素"(图3-9)。因此,建立科学的考核评价和绩效管理制度,使考核评价真实反映出科研人员个人的科研能力和学术水平,是一个亟待解决的问题,同时也应注意考核评议的频率不要太高,考核评价的规则、程序和流程要规范。

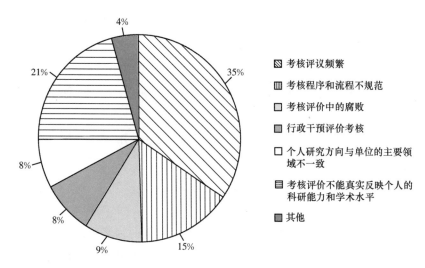

图 3-9　对"科研人员从事科学研究和个人发展最大影响因素"的调查结果

（8）"学术同行评议制度"是相对比较合理的评价机制

现行绩效管理中对"既有利于人才成长又防范学术不端行为的最主要方式"的调查中,有 37% 的被调查者选择"学术同行评议（含国际同行评议）",此外,各有相当比例的被调查者选择了"实行年度自评估,3～5 年单位考评"、"科研经费与绩效

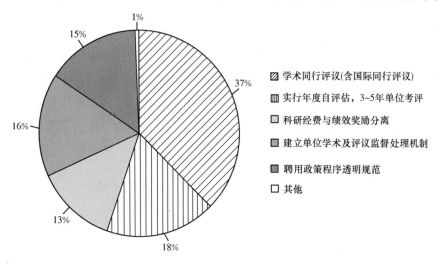

图 3-10　对"既有利于人才成长又防范学术不端行为的最主要方式"的调查结果

奖励分离"、"建立单位学术及评议监督处理机制"和"聘用政策程序透明规范"等建议(图 3-10)。结果表明"学术同行评议制度"在我国进一步推广很有意义。

3.4 青年科技人才激励政策存在的主要问题

从国内外青年科技人才激励政策的实施情况和我们的调查结果可以看出,我国目前青年科技人才的激励政策主要存在以下问题:

(1) 对青年科技人才的资助和支持不足

尽管我国设置了一些专门针对青年科技人才的资助和奖励计划,但总体上,对青年科技人才的资助和支持明显不够。目前国家和中国科学院正在实施的几项高强度人才资助计划,其入选者主要集中在 36~45 岁,即资助重点在科技创新峰值年龄的后期,多数 35 岁以下的青年科技人员,其学术成就积累在评审中不占优势,得不到相应的支持。尤其是对于刚毕业的博士生,独立申请课题的机会很少。国家自然科学基金委员会设立的青年科学基金项目,中国科学院对优秀博士论文奖获得者、院长奖学金获得者的启动支持等措施,有较好的效果,但支持规模和力度均显不足。

(2) 青年科技人才的薪酬福利等待遇仍然偏低

从调查结果可以看出,青年科技人才认为物质报酬激励仍是最重要的激励方式之一。对于正处于个人事业成长期和家庭建设期的青年科技人才,他们对物质条件的需求是十分迫切的。目前青年科技人才在收入、住房、带薪休假、配偶工作和子女教育、培训和出国机会等方面需求的满足程度都不高。随着社会经济发展,这些问题将继续凸显,需要给予持续关注。

(3) 对青年科技人才评价、考核的方式和方法不够合理

调查结果表明现行的评价、考核制度对青年科技人才的激励存在着不少问题。其中最突出的问题是考核评议过于频繁,指标过于注重论文和经费数量等方面。不合理的考核评价制度不能有效激励青年科技人才,相反,可能诱导产生学术不端行为,在一定程度上不利于青年科技人才的成长。

（4）青年科技人才岗位晋升的渠道不够畅通

调查发现,绝大多数青年科技人才都希望能晋升到高一级的专业技术职务,实现职业发展。然而,现实中的岗位聘用竞争非常激烈,难以满足青年科技人才晋升理想职位的愿望。自 2007 年起,根据人力资源与社会保障部出台的相关政策,我国事业单位实施了专业技术岗位分级聘用,专业技术岗位等级进一步细化,分为13 级。新的岗位分级制度,虽然坚持了人事制度改革,力图为青年科技人才的成长建立规范的阶梯,但在实施科技岗位分级聘用中,仍过于强调任职资历,岗位结构相对僵化,而且用人单位缺少足够的自主权,人才流动不畅,"玻璃天花板"现象仍然突出,使青年科技人才的发展面临更多困难。

3.5 政策建议

青年科技人才的自身特点决定了其对管理激励的特殊需求。通过对国内外的激励政策以及中国科学院青年科技人才需求和激励现状的分析,我们认为可以从以下几个方面加强对青年科技人才的激励。

（1）尽可能提高对青年科技人才的物质激励

物质报酬是青年科技人才的最重要需求之一。管理部门和管理者要充分了解青年科技人才的实际需求,并据此确定薪酬福利水平和分配结构。只有这样,才能充分发挥薪酬福利的激励作用。科研组织应根据财力,尽最大可能合理提高青年科技人才的待遇,努力为他们创造良好的生活条件,为他们减少后顾之忧。此外,物质激励应和科研能力与业绩相匹配,并适度向承担第一线科技任务的青年科技人才倾斜,避免单纯与经费挂钩。

（2）完善进修和培训机制

青年科技人才有强烈的个人成长需求,期待在组织中能有良好的发展空间,因此,进修和培训的机会对他们来说十分重要。建立与完善业务进修、培训机制是优化青年科技人才知识结构、提高青年科技人才创新能力的重要手段。应按照科研组织队伍建设的规划,有计划地通过各种继续教育和培训的方式,为青年科技人才的成长提供更好的支持。

（3）提供相对宽松的创新环境

调查发现,获得较好的科研条件和环境是青年科技人才最需要的激励方式之一。青年科技人才追求自由、宽松的工作环境,科研单位要根据组织目标,充分授权,最大限度地允许青年科研人员自主探索;同时,要为他们创造较好的科研条件,提供所需的其他资源,激发青年科技人才的创新活力。

（4）完善考核评价体系

针对调查过程反映出来的考核次数过于频繁、考核指标过于注重数量等问题,应积极完善现行的考核和评价体系,大力推行并规范学术同行评议制度。不同领域和岗位,对青年科技人才的要求不同,应根据工作岗位和工作性质的不同,采取灵活而恰当的评价方式,并将评价结果作为个人晋升、聘用或奖励的重要依据。

（5）疏通岗位晋升的渠道

科研组织要充分了解青年科技人才的职业发展意愿,为其提供适合的发展通道。针对现实存在的"玻璃天花板"现象,实行向青年科技人才倾斜的岗位聘用机制,对优秀青年科技人才,建立快速晋升机制,采取有效措施,鼓励人才流动。

4 青年科技人才的职业发展和人才流动

青年科技人才注重事业发展机会和成长空间,因此,职业发展是青年科技人才发展最为关心的一个方面。对一个科研机构来说,要使整体的人力资源规划和科研人员的职业生涯规划协调起来,并建立青年科技人才有序合理流动的机制,形成良好的队伍结构。本部分主要分析青年科技人员的职业发展和流动问题。

4.1 青年科技人才的职业发展

4.1.1 科研人员的职业发展研究

职业发展是人力资源管理理论中的一个重要组成部分,也是科技管理的一项重要内容。所谓科研人员的职业发展是指每一个科研工作者的工作变动过程,它包括所从事的科研领域、岗位和职位的变动以及事业发展目标实现的整个过程。科研人员的职业发展是每个科研单位和科研人员个人都要面对的问题,是实现个人和科研组织共同成长和发展的重要环节。[①]

科研人员的职业发展从走上工作岗位开始,一般会经历职业探索阶段、成长立业阶段和发展成熟阶段。青年科技人才正处于职业探索阶段和成长立业阶段,做好青年科技人才的职业发展规划,有利于明确青年科技人才的职业发展机会,有利于充分发挥青年科技人才在工作岗位上的潜力,有利于科研机构选拔、培养和使用优秀的青年科技人才。它既关系到青年科技人才的成长,也关系到科研组织的发展。科研单位除了要为青年科技人才提供报酬、奖金和其他激励,还必须为青年科技人才提供职业通道选择,来满足青年科技人才的事业成就,并促进组织发展。个人的

---

①王大桥,王文斌.科技工作者职业生涯设计初探.江汉石油职工大学学报,2007,(1)

职业发展与单位人力资源规划相协调是科研单位人力资源规划的一个重要方面。

科研管理的一个重要主题就是使人力资源发展与组织的科技发展战略匹配，即做到"科研单位人力资源与需求搭配"，使人员招聘、培训和职业发展计划与组织的 5～10 年的科技发展战略相整合。[①] 一个有效的人力资源规划会使青年科技人才在运用和开发其知识和技能的同时有益于组织的发展。

4.1.2　中国科学院青年科技人才的职业发展调查

通过对中国科学院 504 名青年科技人才的职业发展状况的调查（问卷一）显示：

（1）专业技术职务晋升是大多数青年科技人才最希望的职业发展机会

对"中国科学院青年科技人才目前最希望的职业发展机会"的调查结果表明，52％的青年科技人才都希望能"晋升高一级的专业技术职务"，说明大多数青年科技人才期望在科研工作上取得更好成绩，实现个人发展；分别有 9％、6％ 和 4％ 的青年科技人才希望"转去从事技术开发与成果转化工作"、"转去从事所里的领导或管理工作"和"到院机关的相当岗位工作"；有 12％ 的青年科技人才希望"到科学院系统外单位的合适岗位工作"（表 4-1）。

表 4-1　"中国科学院青年科技人才目前最希望的职业发展机会"的调查结果

项　目	频　次	百分比/％
1. 晋升高一级专业技术职务	264	52
2. 转去从事所里的领导或管理工作	31	6
3. 转去从事技术开发与成果转化工作	44	9
4. 到院机关的相当岗位工作	19	4
5. 到科学院系统外单位的合适岗位工作	60	12
6. 其　他	86	17
合　计	504	100

（2）不少青年科技人才希望在专业发展的同时，具有学术领导地位

在对 119 名青年科技人才的职业发展调查中发现（问卷二），选择"做一名学术

---

①Ransely Derek L，Rogers Jay L. A Consensus on Best R&D Practices. Research-Technology Management. 1994，Vol. 37，No. 2，March-April：19～26

领导人"和"晋升高一级专业技术职务"的被调查者占到相当大的比例,分别有35%和29%的被调查者选择了这两项,而希望完全从事管理的人员并不多(表4-2)。可见,对于绝大多数科研人员来说,还是希望在所从事的科学研究领域有所发展,但同时,也强烈期望有更高的学术领导地位。

表 4-2 中国科学院青年科技人才职业发展机会的理想选择

项　目	频　次	百分比/%
1. 晋升高一级专业技术职务	35	29
2. 转去从事所里的领导或管理工作	1	1
3. 转去从事技术开发和转移工作	6	5
4. 到院机关的相当岗位工作	2	2
5. 做一名学术领导人	41	35
6. 愿到科学院系统外单位的合适岗位	17	14
7. 其　他	17	14
总　计	119	100

(3) 大多数人认为博士毕业后晋升研究员(教授)的年限应为6~8年

在现行专业技术人员管理政策和社会环境下,对于博士毕业后晋升研究员(教授)最合适年限的选择,分别有34%和23%的被调查者选择6年和8年(图4-1)。

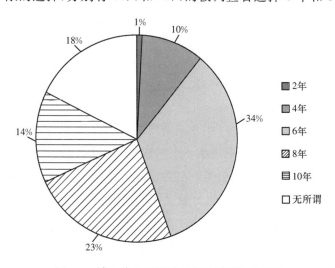

图 4-1　博士毕业后晋升研究员(教授)的年限

可见,期望年限与现行制度中的 12 年还是有一定的差距。这表明大多数科研人员还是希望有更快的职业发展。

(4) 大部分人认为不应限制在同一单位任副研究员(副教授)的年限

对于在同一单位任副研究员(副教授)最长任职年限这一问题,有 46% 的被调查者选择不要限制(图 4-2)。这反映了部分青年科技人才对用人制度改革的理解仍有一定的局限。

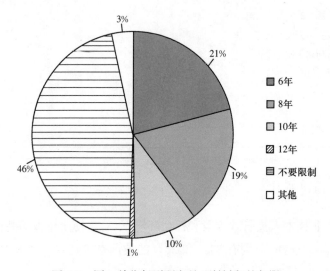

图 4-2　同一单位任副研究员(副教授)的年限

(5) 有利于个人取得学术上的成就和得到更多学术研究资源是青年科技人才担任行政职务的主要动因

在对青年科技人才担任行政职务主要原因的调查中发现,48% 的人认为最主要的原因是为了"有利于个人取得学术上的成就和得到更多学术研究资源",而只有 9% 的被调查者认为最主要的原因是"为了加强管理工作,自愿牺牲个人的学术发展";分别有 28% 和 21% 的人认为最主要的原因是"正常的个人兴趣和职业选择"或者是"服从组织的安排"(图 4-3)。青年科技人才担任行政职务的原因要因人而异,但不可否认,有一些青年科技人才是为了获取科研资源以更顺利的开展学术工作才承担行政职务的,这种现象值得我们关注。

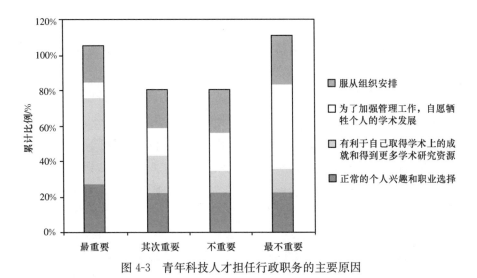

图 4-3　青年科技人才担任行政职务的主要原因

(6) 青年科技人才担任行政职务对学术发展的最大影响是时间、精力上有冲突

　　青年科技人才担任行政职务对其自身的学术发展势必会有影响。从青年科技人才对这一问题的判断看,他们认为最大的影响是行政职务与学术工作"在时间、精力上会有冲突"(38%);但同时,担任行政职务能够"有利于争取科研项目"(27%),或"使自己的研究易受到重视"(23%);至于担任行政职务会"造成青年科技人才的浪费"这一问题,累计有 12% 的被调查者同意(图 4-4)。

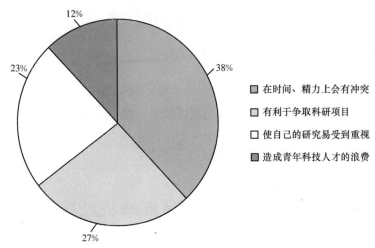

图 4-4　青年科技人才担任行政职务对其学术发展影响

4.1.3 科研事业单位科技岗位分级与青年科技人才职业发展

2007年开始,全国事业单位专业技术人员实行新的岗位分级制度。专业技术岗位分为13个等级:高级岗位分7个等级,即1至7级;中级岗位分3个等级,即8至10级;初级岗位分3个等级,即11至13级。新的岗位分级制度可以使专业技术人员按个人能力和成就聘用到不同级别的科技岗位,享受不同待遇。然而,在实际中我们了解到,专业技术岗位分级设置的实施应注意避免以下几方面的问题:

(1) 岗位等级内涵不清,引起相互攀比

国家实行新的科技岗位等级体系后,专业技术岗位由四级变为十三级,每一级都是按照"岗位"来设计的,需要强调各级岗位的不同职责和要求,避免成为"资历"、"薪酬"或"荣誉"等级。现实中,青年科技人才容易把新的岗位等级视为一种待遇和荣誉,相互攀比,甚至出现心理不平衡,分散了对科技创新工作责任的关注,可能对单位的创新文化氛围造成负面影响。

(2) 岗位结构比例的约束,可能限制青年科技人才的发展

各专业技术岗位规定的结构比例是刚性的,且岗位又与待遇(包括退休待遇)和荣誉相联系,在人员聘用时就不得不多考虑资历较强、服务时间长的老职工。这对有能力承担更大责任的青年科技人才的成长可能不利。

(3) 不同单位岗位任职条件不同,可能造成不合理的人才竞争与流动

目前岗位设置政策中,国家只规定了专业技术岗位结构比例,任职条件由各单位自行掌握。不同单位在确定本单位岗位任职条件时,往往差别很大,甚至可能出现利用职务挖人才的现象,造成不合理的竞争和流动,造成青年科技人才的心态不稳。

4.2 青年科技人才的流动状况研究

科技人才的流动是社会经济发展的需要。合理有序的科技人才流动,不仅可

以优化科技结构和布局,促进科学技术的进步,也可以产生巨大的人才效益和社会效益。对一个科研机构来讲,保证适当的科技人才流动,对优化自身人力资源配置,提高队伍创新能力和工作绩效,起着最为基本的作用。从人才自身看,流动是个人追求其自身发展的理性决策,是充分发挥科技人才积极性和创造性的有效途径。

人才流动和人才流失是两个不同的概念。所谓人才流动,其本身是一个社会性的概念,是在人才成长和竞争过程中必然出现的一种社会现象,其实质是指人才的任用要及时按照岗位的要求、人才的成长以及环境条件的变化而不断进行调整。通过符合人才市场规律的流动,可以促进人才结构的合理化,减少人才积压与浪费,从而带来人才社会整体效益的提高。这种流动是有序、合理和健康的,有利于人力资源的优化配置,做到人尽其用。人才流动的形式多样,如向海外的流动、行业间的流动、部门或单位间的流动,还有行业内部、部门内部甚至职位晋升的流动等。而人才流失,则是一种狭义性的概念,是对于一个具体的组织来说的,一种非正常的优秀人才流出。人才流失是团体或组织资源的一种损失,特别是关键人才的流失会削弱组织的核心竞争力,在一定程度上影响组织目标的实现,并可能影响其长期的稳定发展。

本文主要针对中国科学院科技人才调入调出研究所的流动情况进行了分析,并通过对科技人才流动因素和科技人才对人才制度环境满意度的调查,从一个侧面研究了青年科技人才成长环境。

4.2.1　中国科学院青年科技人才的流动状况

(1) 创新科研骨干人才流动有序,高层次青年骨干大量补充到创新科研队伍中

中国科学院人事教育局2004年曾对全院2001～2003年科技骨干人才流动情况进行了调查。调查的主要对象是科技创新基地副高级及以上科研岗位人员。2001～2003年,全院创新基地共有345名高级科研岗位人员调离(单位自行解聘的人员、在院内流动的人员不在统计之内)。其中,研究员102名,占创新研究员岗位数的2.7%;副研究员243名,占创新副研究员岗位数的4.5%。

同期新进中国科学院创新基地的具有博士学位的人员共有 1707 名,入选"百人计划"351 名,上述调入人员被聘为研究员的有 369 名,聘为副研究员的有 540 名。与调离人员相比,受聘研究员岗位的调入人员是调离人员的 3.6 倍,同期入选"百人计划"人员是"百人计划"调离人员的 19.5 倍。从这一时期骨干人才的流动情况看,无论从数量上,还是人员层次上,中国科学院创新科研骨干人才流动状况是比较合理和有序的,创新岗位对高层次科研人员具有较强的吸引力,高层次青年骨干大量补充到创新科研队伍中,队伍结构在不断优化。

(2) 关键人才和骨干人才流失现象时有发生

根据不完全统计,截至 2005 年年底,中国科学院约有 20 余名院士(其中还有比较年轻的院士)和部分中青年科技骨干相继调离,他们中有的是国家重大项目的首席科学家、国家重点实验室主任等关键人才,在本学科领域做出过具有重要影响的高水平工作,是国内该领域有影响的人物。这部分人员数量不多,但他们的流失往往会引发其所在研究团队的流失,或造成整个学科力量的明显削弱甚至消亡。同时通过年龄分析发现,在调离的科研骨干人员中,45 岁以下的人员占了相当大的比例。这部分人员年富力强,学术思想活跃,有很强的竞争实力,其中绝大部分在中国科学院工作期间积累了丰富经验,正是处在开花结果的大好时期。有的研究所近几年有十余位年轻的科技骨干相继调离,他们的调离给研究所和中国科学院的发展均带来不利的影响,是明显的人才流失的案例。

除了调离,科技人才也存在"隐性流失"现象。根据对 55 个单位所做的有关兼职人员的统计,院士和学术骨干占有一定的比例,已登记在外兼职的院士有 36 名,45 岁以下研究员有 98 名,占兼职人员总数的 46%。部分科技人员由于兼职过多,用于研究所科研工作的时间过少,甚至是"身在曹营心在汉",形成了"隐性流失"。这种现象对研究所的影响是渐进的和长期的。为加强对外交流与合作,根据科研工作需要,经过批准的兼职应该予以支持,但也有兼职人员已将工作重心转移到兼职单位,往往造成研究所的涣散,并影响研究所的创新活力,在一定条件下,还可能造成关键人才的流失。

我们对 504 名青年科技人才关于流动意向的调查表明(问卷一),尽管现在的青年科技人才对中国科学院的满意程度还是比较高的,56% 的人在现阶段"基本不考虑"要离开中国科学院(图 4-5),但仍分别有 5% 和 13% 的青年科技人才选择"离开"或"考虑离开"中国科学院。

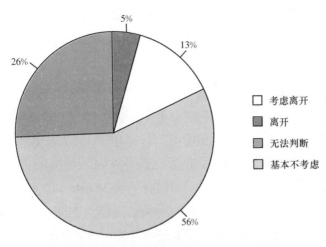

5%

13%

26%

56%

☐ 考虑离开
☐ 离开
☐ 无法判断
☐ 基本不考虑

图 4-5　是否离开科学院的意向调查

（3）存在"孔雀东南飞"的现象，西部研究所科技骨干人才流失较严重

2006 年中国科学院人事教育局曾对全院西部科技人才队伍及人才工作情况进行全面调研，对 2001 年以来科技人员的流动情况进行了统计。2001～2006 年，西部各单位共有 208 名正副研究员调离，占创新高级科技岗位人员的 16%。调入人员主要是博士和硕士毕业生，6 年间进研究所的博士毕业生共 325 名，硕士毕业生共 550 名，其中研究生留研究所和外来的比例大致为 1∶1。从年龄结构看，调入人员中 35 岁以下人员占 88%；36～45 岁人员占 11%；而调出人员中 36～45 岁人员占到 35%。总体而言，调离人员中相当比例人员为具有博士学位，年龄处于产出高峰期的科研骨干。对调离人员去向情况统计反映，调到东部高校和科研机构的人员占 44%，但同时，他们的工作基础、资料积累和实际工作并没有脱离西部，这样又造成了与西部地区争夺西部开发课题和经费的局面。

在人才引进方面，受地处偏远、经济欠发达的大环境影响，西部研究所从海内外引进优秀人才十分困难，十几年间西部研究所引进的"百人计划"占全院引进人才的 11%，其中从海外引进的人才只占全院的 7.6%。总体上看，西部地区研究所科技人才工作面临的困难有进一步加剧的趋势。

4.2.2 中国科学院青年科技人才流动的主要因素

(1) 科研条件和学术氛围

对调入中国科学院的 110 名科技人员进入中国科学院的原因进行调查统计表明 (图 4-6)，分别有 45％和 41％的人员选择"事业上能够有所作为"和"喜欢中国科学院的学术环境氛围"。2007 年另外一项对中国科学院国内"百人计划"入选者选择加盟中国科学院主要原因的调查显示，34.6％的入选者把"喜欢中国科学院的学术环境氛围"作为选择加盟科学院主要原因的首选；同时 91％的国内"百人计划"入选者表示，通过到中国科学院工作，自身专业研究方面的能力得到不断提高。这与目前对中国科学院现有青年科技人员关于各项需求满足程度调查结果完全吻合，即满足程度最高的是目前的科研条件和科研环境。在我们进行的座谈会上，青年科技人员也表示中国科学院的总体科研实力与科研条件是吸引和稳定人才最为积极的因素。

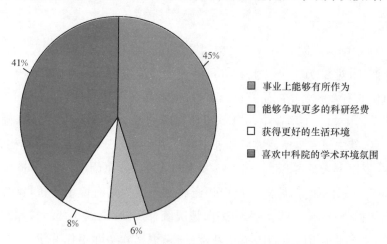

图 4-6 "青年科技人才进入中国科学院的原因"的调查统计

(2) 事业发展空间

对 504 名青年科技人才职业发展机会的调查结果表明(问卷一)，52％的青年科技人才把"晋升高一级的专业技术职务"作为最期待的职业发展机会(表 4-1)；相当比例的青年科技人才选择"获得较好的科研条件和环境"作为最需要的激励方式

（图 3-6）；对 119 名青年科技人才职业发展机会的调查结果表明（问卷二），64％的被调查者把"晋升高一级专业技术职务"或"做一名学术领导人"作为职业发展机会的理想选择（表 4-2）。2007 年另外一项对国内"百人计划"入选者选择加盟中国科学院的主要原因调查显示，48.9％的入选者把"事业上能够有所作为"，作为选择加盟中国科学院的首要原因。对西部 200 余位调离人员的调离原因统计发现，1/3 的人员把发展空间不够作为首要原因。

　　由此可见，无论东部学者还是西部学者，都认为在所从事的科学研究领域有所成就，是他们的最大理想和追求。因此事业发展空间，是影响青年科技人才流动的关键因素。尽管西部经济落后，生活环境和条件艰苦，但对西部学者来说，西部的科研平台建设、承担项目的机会等能成就事业的主要因素才是影响西部科技骨干人才稳定的关键，对有潜质的青年人才来说，能否有机会独立承担课题，能否有机会竞争到高一级的岗位，是他们最关心的问题。

（3）工作压力和物质待遇

　　调查 504 名青年科技人才周围同事离开中国科学院的主要原因时发现（问卷一），34％的人员认为是为了"获得更好的生活环境"，32％的人员认为是为了"减轻工作压力"（图 4-7）。根据另外一项对国内"百人计划"入选者调离的主要原因调查发现，选择"减轻工作压力"的占 52％；选择"获得更好的生活环境或待遇"的占

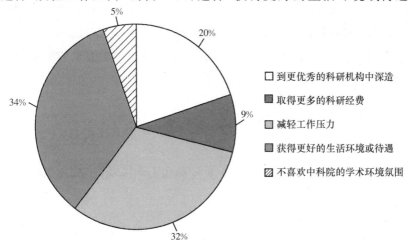

图 4-7　周围同事离开中国科学院的原因

47％。可见在中国科学院工作的压力还是相当大的,同时在对研究人员提供较好的生活环境上,并不存在优势。问卷一的调查结果还显示,有35％的被调查者将"考核评议频繁"作为在现行绩效管理中,对其所从事科学研究和个人发展影响最大的因素(图3-9)。说明目前考核评议机制是科技人员感到工作压力过大的重要原因之一。对119名青年科技人员现在的收入水平与理想收入水平的差距调查显示(问卷二),有42％的被调查者认为"基本持平",但仍然有39％的被调查者认为"差距很大"(图3-5),有34％的被调查者选择"物质报酬"这一激励因素作为最重要的激励方式(图3-3)。这说明青年科技人才目前最需要的仍然是物质报酬激励。问卷一的调查结果还表明,对于青年科技人才,不仅要关注其工资待遇,也要考虑其家属的工作问题、子女的升学问题和住房条件等多种因素。

(4) 外部竞争因素

随着我国改革开放的不断深入,社会主义市场经济的建立和发展,人才资源的配置已从计划配置逐渐转向市场配置,人才流动日益频繁。各地区、各部门和各单位都越来越重视人才工作,不断加大人才吸引力度和人才投入,人才竞争更加剧烈。特别是当前我国高等院校处于蓬勃发展时期,科研基础设施建设和科研投入不断加强,规模不断扩大,一些重要科研岗位虚位以待,加之相对宽松和稳定的环境,在一定程度上对中国科学院的优秀人才具有很大的吸引力。从2001~2003年345名高级科研岗位人员调离去向看,有123人流向高校,占总人数35.6％;国内"百人计划"入选者计划执行完毕又调离的41人中,调往高校的占总人数的66％。在本次课题调查中也发现,众多科研人员认为高校及其他研究机构的吸引力日益提高,成为一个重要的外部竞争因素。

4.3 政策建议

针对中国科学院青年科技人才的职业发展和人才流动问题,我们提出以下政策建议:

(1) 提供良好的事业环境,促进青年科技人才的职业发展

科研单位要为青年科技人才的事业发展提供良好的平台,把组织发展目标与

个人发展需求有机结合起来,形成凝聚优秀人才的长效机制;要为青年科技人才提供公平竞争的机会和良好的科研条件,使他们有机会承担重要科技项目和参与重大科技活动,在科技创新实践中不断成长。科研单位应为青年科技人才提供宽松的创新氛围,并适当提高他们各方面的物质待遇,减轻其生活和工作压力。

(2) 鼓励优秀青年科技人才立足科研岗位,实现人生价值

优秀的青年科技人才处于科技创新的最活跃时期,在科技岗位实现其人生价值是他们最大的追求。他们过早从事管理工作,可能会改变其职业发展轨道,造成科技人才资源的浪费。目前,科研单位的行政管理职务直接与资源分配权力相联系,担任行政职务有利于争取科技资源,这影响了部分青年科技人才的职业选择。科研机构应对青年科技人才的职业选择进行正确引导,不要急于把优秀的青年人才推向管理岗位。

(3) 建立和完善人才有序流动机制

要进一步完善政策环境,改革人事管理制度,保证科研机构用人自主权,形成一个人员能进能出、职务能上能下、充满生机与活力的用人机制,实现科技人才的有序流动。各单位应坚持探索符合科研机构特点、灵活多样的人事管理制度,通过考核和晋升制度,对各级岗位的人才进行甄选,并积极为分流人员设计流出通道。积极推进建立事业单位社会保障体系,为青年科技人才的合理流动提供政策保障。

(4) 实行倾斜政策,鼓励青年科技人才向西部地区流动

从科技人力资源整体布局以及人才流动的宏观调控出发,要进一步出台相应举措,鼓励优秀青年科技人才向西部地区流动。结合国家区域发展战略和区域创新体系建设,采取多种措施,建立西部地区引进东部学者的有效机制。

5 科研机构管理体制与青年科技人才成长

科研机构管理体制是青年科技人才成长环境的基础,影响到青年科技人才成长和发挥作用的方方面面。本部分借鉴公司组织机构管理体制的研究成果,主要分析科研机构管理体制对青年科技人才成长的影响。

5.1 科研机构管理体制

5.1.1 科研机构管理体制的发展

有关研究机构管理体制的研究相对较少,很多研究分析是借鉴了企业管理的研究成果。公司治理理论可以说是企业管理体制研究的核心,自 20 世纪 60 年代奥利弗·哈特(Oliver Hart)在《公司治理理论与启示》一文中提出公司治理理论框架之后,关于公司治理的理论研究受到了学者的广泛重视。公司治理主要是解决构成企业各利益相关主体之间的权责利划分,是企业发展并创造财富的基础和保障。公司治理和公司管理既有区别,也有联系。Tricker Robert 教授明确提出:公司管理就是运营公司,而公司治理则是确保这种运营处于正确的轨道之上。Kenneth N. Dayton 教授则将公司治理和公司管理的关系形象地比喻为一个硬币的两面,认为公司治理指的是董事会监督管理层的过程、结构和联系;公司管理则是管理人员确定目标以及实现目标所采取的行动。也有学者认为,公司治理关心的是构成企业各利益相关主体之间的权责利划分,以及采取什么样的手段实现相互制衡,这是企业创造财富的基础和保障;公司管理是在既定的治理模式下企业为实现目标而采取的行动,这是财富创造的源泉和动力。

20 世纪 90 年代学者们开始探讨科研机构的治理问题。科研机构在投资者、权责利关系等方面都与公司完全不同,如何处理好科研机构中的权责利关系是一个科研机构有效运行的重要基础。科研机构和公司是具有不同主体性质的机构，主要有以下区别：①投资主体不同。科研机构，特别是非营利的科研机构，所进行的科研活动往往是长期的，需要巨额的经费，而收益则是远期和不确定的，因此往往不能依靠私人投资，很多情况下需要政府的财政支持或社会公益基金的支持。②所有权不同。公司中的投资者对企业拥有所有权。在科研机构中，很多情况下，投资者并不拥有对科研机构以及科研活动成果的所有权，例如各类科研基金对科研机构的投资。而且，科研成果的所有权也没有清晰的界定。③组织目标不同。公司总是在追求利润最大化，这是公司生存的唯一支撑动力。大部分科研机构是非营利性质的，它们并不以利润的多少作为追求目标，而是以一些不易货币量化的目标，如科技发明或知识创新等为追求目标。④对组织的评价不同。由于组织的目标不同，因此对组织的评价也不同。在公司中，税后净利润是评价指标之一，而且是最主要的指标。在科研机构中，则需要以科研进展和知识产出为评价指标。但是由于科研和知识的产出很难定量化，而且很难找到合适的代理变量，因此科研机构的评价体系是相对复杂的。⑤组织人员的特性不同。在公司中，需要有各方面的人才，而且不同行业的企业需要的人才也不尽相同，但是总体来说，公司中最需要的人才是经营管理人才。而在科研机构中，人员的最重要组成部分是专业技术人员。科研人员与一般员工相比，有很多独特的特点，如他们需要更多的自主权和自由发展空间等。⑥对于产出的分配不同。在公司中存在着可转让的股东财产权和利润分配权，而在科研机构中，一般不存在可转让的权益。

与公司治理和公司管理之间的关系非常相似，科研机构治理和科研机构管理的关系也很微妙。总体来讲，科研机构治理是指利用一系列的契约关系来制衡组织中的基本权益关系，为组织的有效运行提供基础。科研机构管理是根据制定的组织目标，通过一系列活动来实现科研机构的目标，并对科研机构目标的实现进行评价。两者是通过高层管理者对科研机构的战略管理有机地联系在一起的。

正如公司治理结构可以理解为企业的所有利益相关者之间的一组契约安排，科研机构治理也可以视为由一系列契约组成的集合。同样，像公司的契约划分一样，科研机构的契约关系可划分为正式契约和非正式契约。正式契约又可以分为两种：通用契约和特殊契约。通用契约主要是指由政府颁布的相关法律、法规；特殊契约是由组织章程、条例等一系列具体的条款组成。非正式契约是指由组织文化、惯例、当事者的禀赋优势和具体历史沉淀所形成的行为规范。正如公司中的契约是不完全一样的,科研机构中的这些契约也是不完全的。公司治理结构的核心问题是如何在不同的企业参与者之间分配企业权益。由于科研机构没有可分配权益,大部分情况下科研机构治理要处理的是由于契约不完全所产生的控制权问题,决定什么人在什么情况下实施控制,控制实施的程度以及风险和利益的分配。

一般情况下,科研机构的治理关系可以抽象为投资者、高层管理者和组织内精英成员(在科研单位中,主要是指科研人员)三者之间的关系。具体来讲,就是投资者与高层管理者之间的权力关系,以及高层管理者与组织中精英成员间的权力关系。投资者和高层管理者之间的关系集中体现在投资者对科研组织高层管理者的监控上,其典型方式就是"理事会制度",管理者和组织中精英成员的关系则体现在"内部人控制"上(图 5-1)。

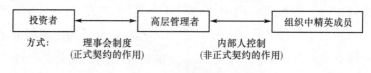

图 5-1　科研机构的治理关系

关于科研机构的管理体制,既包括治理层面,也包括管理层面,我们重点讨论两个问题:

(1) 理事会制度

科研机构(尤其是国立科研机构)的投资者是政府或者基金会。政府和基金会不具备科学研究和管理科学研究的人员、能力或专业知识,因此,科研机构中的投资者和管理者总是分离的。这种分离不是企业中的"所有权和经营权分离",因为在科研机构中,投资者并不一定拥有所有权,例如基金会的投资。投资者与管理者关于科研机构管理权力划分原则通常是:投资者有对高层管理者的选择权、监督权以及对组织重大事项的决策权;而高层管理者则拥有组织日常运行的决策权。[①]

投资者可以通过两种形式行使自己对科研机构的权力:一是直接选择和监控管理者;二是选择一个中间媒介,通过中间媒介来选择和监督高层管理者,这种中

---

①李小宁,田大山.非营利科研组织中的治理关系.中国科技论坛,2004,(5)

间媒介往往就是理事会制度(图 5-2)。

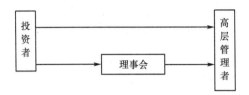

图 5-2　科研机构中投资者与管理者的关系

虽然投资者直接行使权力会对管理者的监控权力较为集中,而且更能体现投资者的意志,但是会存在一定问题,主要表现在:①当对科研机构监控的权力过于集中时,投资人很可能过多地干预科研机构的日常管理,从而导致科研机构在组织管理上缺乏应有的独立性与灵活性。②在利益体现上可能过多反映投资者的意志,从而可能违背科研机构本身应有的目的。③监控权力过于集中时不利于监督。这看起来似乎是个悖论,但是过度集中的监督权力可能导致科研机构高层管理者与投资者的行政主管人员串谋。④当投资人直接监控的成本过高时,投资人实际上会放松控制,从而使得科研机构的高层管理者有过大的控制权。

事实上,理事会制度越来越受到投资者和科研机构投资者的青睐。理事会制度有利于使多方的利益得到体现和建立起一套严格的控制程序,从而有能力处理更复杂的信息,提高监督与控制的效率。理事会制度可以清晰地体现出投资者与高层管理者之间的治理关系。

(2) 内部人控制

科研机构中的另一组权力制衡关系体现在管理者和组织中精英成员之间的"内部人控制"上。由于没有利润的最终索取者,因此科研机构中的内部人控制对组织行为有着重要的影响。科研机构中的内部人控制并不是指一般组织成员对组织的影响力,而是特别指精英成员对高层管理者的影响力。李小宁和田大山在《非营利科研组织中的治理关系》中,将内部人控制特别指代精英成员对高层管理者和理事会的影响力,将体现在精英成员身上的内部人控制的表现总结为四个方面:①学术委员会制度;②等级制度造成的控制权分散;③以科研项目为核心的科研团队;④作为某一利益团体的代言人。这四个方面既包含正式契约的因素,也有非正式契约的因素。

学术委员会常常从学术角度对学术贡献等进行权威性的评价,从而使得"学术水平"成为一个可以操作的指标。尽管学术委员会没有行政权力,但在与学术相关的评价方面,学术委员会是组织内的"终审法庭"。因此,学术委员会使得组织内部的学术精英们分得了重要的控制权。

许多科研机构中的中层领导职位,如各个研究部门、研究室的领导人,都是由科研机构中的精英成员担任的,使得中层领导和高层领导能够分享控制权。中层领导岗位上的精英成员通过层级分权实施着某种控制,并对高层管理者施加影响。高层管理者的一个重要任务就是平衡各个中层管理者之间的资源竞争。

科研项目是科研机构中一个重要的经费来源。一般科研项目都是专款专用,科研机构只能提取有限的"管理费"。因此大部分经费都是由项目负责人全权控制的。在科研项目上具有强竞争力的精英成员在机构中是很有影响力的。

精英成员或者科研人员可以通过正式(研究室和项目组等)或非正式组织(某种共同利益或共同意见的组织)的方式组成一定联合体,直接对高层管理者施加压力,也可以通过理事会对高层管理者施加压力。

通过对科研机构治理结构的分析,可以看到科研机构在治理方面主要处理两大方面的事务:一是对外与投资者之间的关系,主要表现在理事会制度的设立及外部投资者直接管理上;二是内部的决策机制,即由高层管理者和组织中精英成员的博弈均衡所构成的集体行为(图5-3)。

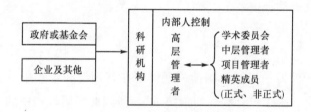

图 5-3　科研机构治理结构模式

5.1.2　国立科研机构的管理体制

以中国科学院为代表的国立科研机构,是国家科技创新活动的重要组织单元,是面向全国的开放性公共研究平台,具有科技活动与组织管理的自主权。其主要职责包括进行基础性、战略性和前瞻性的科技创新活动;结合高水平科技活动,培养并向社会输送高级科技人才;加强知识传播和技术转移,促进高技术产业化。

根据我国法律规定,科研机构对社会要履行事业法人的职责并承担相应的法律责任。中国科学院所属的研究所,具有独立法人资格,自主开展科研活动。研究所在管理体制上应建立职责明确、开放有序、评价科学、管理规范的现代科研院所制度。研究所管理的核心要素包括:上级主管部门、所长、党委、职工代表大会和学术委员会等。各研究所是上级主管部门设立的、具有事业法人的机构,与上级主管部门形成两级事权。研究所多数实行所长负责制;研究所党委起着政治核心和保证监督作用;职工代表大会是研究所实行职工民主管理的基本途径;学术委员会则主要发挥学术评议与监督功能。目前研究所管理体制的基本构成如下:

(1) 所长

研究所实行在民主讨论基础上的所长决策制度。研究所所长主要职责是:按照中国科学院发展战略和总体部署,面向国家战略需求和世界科技发展前沿,制定研究所发展战略规划和所长任期目标,并组织实施;遵守国家法律法规,执行中国科学院管理制度,建立国家研究机构法人治理结构,实施有效管理;认真执行民主集中制,充分发挥领导班子的整体作用,严格实行科学民主的决策程序和规范的工作制度,自觉维护研究所党委会的政治核心和保证监督作用,重视发挥职工代表大会的民主管理与监督作用和学术委员会的学术咨询与评议作用;履行法定代表人相应的职责并承担相应的法律责任。所长的选任按照德才兼备的要求,人选的产生一般采用民主推荐、公开竞聘或选调等不同方式。

(2) 党委

党委在上级党组织的领导下,围绕中心,服务大局,支持所长与行政领导集体依法行使职权,发挥政治核心和保证监督作用,促进研究所的改革与发展。党委的主要职责是:组织学习、宣传、贯彻党的路线、方针、政策和国家的法律、法规;加强研究所党建工作;参与研究所重大事项的决策,并积极推动各项决策的组织实施;与所长共同做好干部的选拔、教育、培养、考核和监督工作,抓好后备干部队伍建设;领导职工代表大会、工会、青年团、妇委会等群众组织,支持他们依照国家法律和各自章程开展工作;领导研究所精神文明建设,密切联系群众,做好思想政治工作和创新文化建设;领导反腐倡廉建设。

（3）职工代表大会

研究所建立职工代表大会或职工大会制度。职工代表大会在研究所党委的领导下开展工作,是研究所实现所务公开、依靠职工办好研究所的重要途径。职工代表大会的主要职责是:听取所长年度工作报告和资产财务工作报告;审议所长任期目标、发展战略规划、重大改革方案和重要规章制度等;审议涉及职工权益和福利的重大事项;会同有关部门,民主评议、监督研究所中层及以上领导干部,提出奖惩建议;征集、整理提案,反映职工的意见和建议;监督检查提案落实情况。

（4）学术委员会

学术委员会是科研人员参与研究所有关学术评议、咨询、管理和监督的组织。学术委员会由高水平科技专家组成,研究所的主要领域方向均应有代表参加,同时应有一定数量的所外专家参加。学术委员会主要职责是:对研究所发展战略规划、重大科研部署、学科建设提出咨询意见与建议;对科研项目立项、中期评审、结题验收、成果鉴定、成果报奖等提出评议意见;对科技人员的科技工作与学术水平提出评议意见;对科技布局、研究单元的设立与撤销提出评议意见;对学风建设提出意见与建议。

5.2 科研机构管理体制对青年科技 人才成长和发展影响的调查

科研机构管理体制作为一个机构的组织或制度环境,对这个组织中的所有人员产生着重要影响。对青年科技人才来说,研究所管理体制主要在以下几方面影响其成长和发展:①民主决策。对于倡导学术民主、鼓励创新和不惧权威的科研机构,民主决策机制为青年科技人才提供了表达意见、参与管理的渠道和机会,能够激发青年科技人才的主人翁精神,促进人才成长和保障人才作用发挥。在实行所长负责制的过程中,如何做到民主决策是一个十分重要的问题。②资源分配。研究所的内部有很大的资源分配权利。青年科技人才在科研机构中的地位较低,在学术界的知名度也不高,与有名望的科技人员相比,往往较难争取到学术资源。研究所资源分配的公平与否,对于青年科技人才至关重要,左右着青年科技人才的积极性和主动性,决定着青年科技人才的事业机会。③学术权力制衡。科研机构不同于一般组织的一个显著特点是存在着行政权力和学术权力两个权力中心。我国自古以来形成的官本位思想,一定程度上影响着青年科技人才的价值观和行为准则。科研机构中,如果行政权力与学术权力不能相互合理制衡,会导致管理的矛盾和混乱,往往出现行政权力过大的现象,影响青年科技人才的成长。④考核评级体系。科研机构的考核评级体系由这个科研组织的发展目标所决定。科研机构的考核评级体系对青年科技人才的影响主要表现在:考核指标引导着青年科技人才的努力方向,考核周期决定着青年科技人才的工作规划。不合理的指标、过于频繁的考核会引起青年科技人员的浮躁之风,不利于青年科技人才的长远发展。

我们对青年科技人才进行了关于现行科研机构管理体制问题的调查结果如下:

(1) 科研机构的发展与青年科技人才个人发展的关系比较协调一致

对119名青年科技人才的调查发现(问卷二),所有被调查者都很关心单位的发展,有90%的被调查者认为"单位的发展与自己的发展互相支持",或"单位的发展与自己的发展一致的",甚至有10%的被调者认为"单位的发展应比自己的发展更重要"(图5-4)。

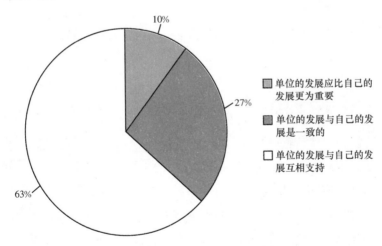

图5-4 单位的发展与个人的发展的关系

(2) 青年科技人才对科研机构现行的管理体制和各项制度、政策基本满意

对504名青年科技人才的调查发现(问卷一),11%~29%的被调查者对现行

的管理体制和各项制度与政策表示很满意;49%～61%的被调查者表示基本满意;仍有9%～27%的被调查者表示不满意;仅有不到8%的被调查者表示非常不满意(图5-5)。

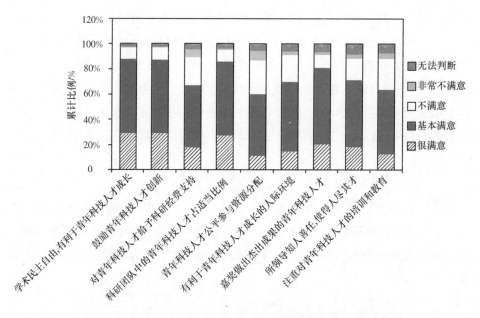

图5-5　对科研机构现行管理体制和各项制度与政策的满意程度

(3) 青年科技人才对研究机构的学术民主、任用和奖励等方面比较满意,而对资源分配、培训和教育机会等方面相对不满意

青年科技人才比较满意的方面主要是:"学术民主自由,有利于青年科技人才成长"、"鼓励青年科技人才创新"、"科研团队中的青年科技人才占适当比例"和"嘉奖做出杰出成果的青年科技人才"。青年科技人才比较不满意的方面主要是:"青年科技人才公平参与资源分配"、"注重对青年科技人才的培训和教育"和"对青年科技人才给予科研经费支持"。青年科技人才表示满意的前四项管理制度与政策,其满意程度都达到了80%以上;而青年科技人才表示不满意的前三项管理制度与政策,其不满意程度都在30%左右(表5-1)。

表 5-1　对科研机构现行管理体制和各项制度与政策满意程度的排序

项　目	满意/%	不满意/%	无法判断/%
学术民主自由,有利于青年科技人才成长	87.7	9.7	2.6
鼓励青年科技人才创新	87.5	10.1	2.4
科研团队中的青年科技人才占适当比例	85.9	10.3	3.8
嘉奖做出杰出成果的青年科技人才	81.2	12.3	6.5
所领导知人善任,使得人尽其才	71.4	20.0	8.5
有利于青年科技人才成长的人际环境	70.2	24.0	5.8
对青年科技人才给予科研经费支持	67.1	28.4	4.6
注重对青年科技人才的培训和教育	63.9	29.0	7.1
青年科技人才公平参与资源分配	60.1	34.3	5.6

(4) 青年科技人才希望进一步完善科技评价和绩效管理机制

对 504 名青年科技人才的调查表明(问卷一):对于"现行的科技人才绩效管理中,有利于青年科技人才健康成长的政策"的选择,29%的青年科技人才赞成"学术同行评议(含国际同行评议)";另外,"实行年度自评估,3～5 年单位考评"、"科研经费与个人收入分离"和"建立单位学术及评议监督处理机制"这些措施也有相当比例的青年科技人才赞成。调查结果从一个侧面反映出目前研究机构在这些方面做得不够,有待加强和完善(图 5-6)。

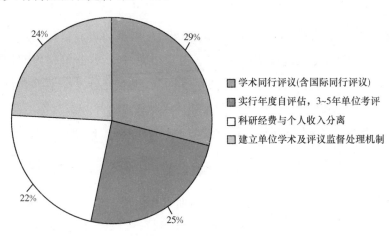

■ 学术同行评议(含国际同行评议)
■ 实行年度自评估,3~5年单位考评
□ 科研经费与个人收入分离
■ 建立单位学术及评议监督处理机制

图 5-6　"有利于青年科技人才健康成长主要方式"的调查结果

5.3 政 策 建 议

为保障青年科技人才的成长和发挥作用,我们就科研机构管理体制提出以下政策建议:

(1) 明确各级权责,加强上级部门对科研机构的指导和监督作用,规范管理

科研机构作为科技创新活动的基本组织单元,负有组织科技创新活动的责任和权利,应具有一定的管理自主权。科研机构应履行事业法人的权责,独立承担民事责任。上级主管部门应加强对科研机构的引导和监督,并建立健全对下属科研机构管理的规章制度,规范管理体制。

(2) 明确并规范内部组织结构和管理权限划分

科研机构要建立职责明确、管理规范的内部管理体制。要进一步完善一把手负责制,明确责任、权限和约束机制,加强党委的政治核心和保障监督作用,积极发挥学术委员会的学术评议与监督功能,依托职工代表大会实行民主管理,形成公开透明、科学高效的运行机制。

(3) 完善民主决策制度

从宏观层面来看,科研机构的战略规划、设置、撤销和重大科技布局调整等问题,应组织相关领域专家进行评议和咨询;微观层面,包括科研机构内部规章制度的制定、人力资源的配置、科技资源的分配等问题,也应充分发挥学术委员会的作用,并鼓励青年科技人才参与政策的制定和评议。通过倡导和实行学术民主,打破等级观念及官僚作风,保障科研机构管理的公平公正,维护良好的人才环境。

(4) 管理决策要充分尊重青年科技人才的要求,并适当向青年科技人才倾斜

科技人才是科研机构事业发展的支柱,而青年科技人才的培养和吸引,决定着科研机构的未来。科研机构在资源配置、人才支持、考核评价、激励制度等各个管理环节,都要充分尊重青年科技人才的特点和需要,充分考虑青年科技人才健康成长和有效发挥作用的客观要求。

主要参考文献

高洪善. 1999. 鼓励青年科技人才脱颖而出——论加大对杰出青年科技人才奖励力度的必要性. 中国科技奖励,(7)

胡瑞卿. 2007. 科技人才流动因素分析. 江西农业学报,(6)

黄文娣,李远. 2006. 我国科技人才流动的特性分析. 当代经济,(7)

李光纬,郭临英. 1995. 创造良好的外部环境加速青年科技人才的培养. 南京理工大学学报,(5)

李和风. 2007. 探析青年科技人才成长的影响因素. 政策与管理研究,(5)

李师默. 2005. 网络环境下高校学术腐败现象的思考. 科技情报开发与经济,(7)

孙林杰. 2004. 我国科技人才流动及相关环境建设. 科学对社会的影响,(1)

王晓燕. 2005. 学术腐败的诱因及其心理学分析. 教育科学,(14)

肖志鹏. 2004. 美国科技人才流动政策的演变及其启示. 科技管理研究,(2)

叶继元等. 2005. 学术规范通论. 上海:华东师范大学出版社

张聪,张磊. 2004. 试论学术腐败及学术评价的定量化. 宁波高等专科学校学报,(3)

赵桂荣. 1995. 调整科技管理政策,扶植青年科技人才. 湖南大学学报,(2)

祝海英. 2005. 学术腐败小议. 现代教育,(10)

Aryee Samuel. 1992. Career orientations, perceptions of rewarded activity, and career strategies among R&D professionals. Journal of Engineering and Technology Management,(3)

Schirmer Glenn F. 1994. Proactive career management. Journal of Management in Engineering,(1)

Shepard H A. 1959. Major researches in creativity. Research Management, 203~220

Turpin Tim, Deville Adrian. 1995. Occupational roles and expectations of research scientists and research managers in scientific research institutions. R&D Management,(4)

附　　录

关于青年科技人才成长环境的调查问卷 (问卷一)

调查背景

为了解和分析学术风气、科研管理和激励制度以及科研人员流动等因素对于青年科技人才成长的影响,课题组开展此项关于"青年科技人才成长环境"的调研,并设计了本问卷。

问卷发放方式和范围:

问卷采取网上填写的方式,对中国科学院91个研究所(中心)按创新岗位人数比例分配 ID,各研究所(中心)所长领导、科技、人事、教育部门的相关领导、25~35岁青年科研人员、35~45岁青年科研人员按 2∶4∶4 的分配,共分配840个 ID。同时,我们提供"问卷填写说明"指导操作和问卷填写。

问卷回收情况:

从网上数据库共回收有效问卷504份,回收率为60%。其中,男女调查者比例为72.2∶27.8;35岁以下青年科研人员、35~45岁青年科研人员与45岁以上的科研人员的比例为45.9∶44.9∶9.2。

填写说明:

□:需要您在合适的选项前打勾。

_____:需要您填充一些资料或意见。

_____:需要您按重要性顺序,在选项前的横线上标明排序号。(标1号最重要,2、3依次递减)

1. 关于您的个人情况

1.1 性别:　　□男　　　□女

1.2 年龄:_____

1.3 获得的最高学位：　　　□博士　　　□硕士　　　□学士

　　　　　　　　　　　　到目前已有_____年

1.4 获得最高学位的单位：

□国外大学(国别_____校名_____)

□国内大学或科研机构(单位名称_____)

1.5 从事研究的性质：

□基础研究　　　□应用基础研究　　　□应用研究与技术开发

1.6 被聘为各级专业技术岗位的时间：

职称级别	初　级	中　级	副高级	正高级
时间(年份)				

1.7 现任行政职务：

□所长　　　□副所长　　　□党委书记　　　□党委副书记

□中层管理干部　　　□国家重点实验室主任　　　□院重点实验室主任

1.8 现任学术职务：

□学术委员会主任　　　　　□学位委员会主任

□863 或 973 首席科学家　　　□课题组长

□专职研究人员　　　　　□其他_____

1.9 您从事科研工作的时间累计：_____(以年为单位)

其中,您在国外从事科研的时间累计：_____(以年为单位)

2. 学术风气对青年科技人才成长的影响

2.1 请选择以下影响青年科技人才成长的因素。(按重要程度排序,1 表示不重要,5 表示非常重要)

_____学术风气

_____科研条件

_____生活待遇

_____学术带头人的水平和品行

_____其他(请注明)_____

2.2 您所处的科研环境中有没有下列行为?

项　目	没有这种行为	较少出现	比较常见	非常普遍
抄袭、剽窃他人科研成果				
捏造、篡改实验数据、方法或结果				
捏造学术履历、职称				
夸大学术成果、研究能力或研究项目的学术价值				
课题和项目的申请、评审、验收中搞不正当竞争				
一稿多投				
其他(请注明)				

2.3 您认为我国学术不端行为妨碍科学研究的严重程度如何?

□很严重　　□严重　　□不严重　　□不存在

2.4 与科技发达国家相比,我国学术不端行为及学风问题的严重程度如何?

□比其他国家严重　　□与其他国家差不多　　□没有其他国家严重

2.5 您通常对学术不端行为持怎样的态度?

□环境所迫,无可厚非

□与我无关,但我保持自身学术行为端正

□破坏学术风气,谴责和反对

□积极揭发,要求有关机构给予惩治

□其他(请注明)_____

2.6 您怎样评价学术不端行为产生的原因?

原　因	影响非常大	影响较大	影响较小	没有影响	无法判断
科研环境所迫,不得已					
个人品质低下					
科研压力大,科研工作与个人利益相关性大					
缺少相应的法律和管理规定					
相关机构监管不力、惩治过于轻微					
科研单位无视或默许					
科研评价过于注重数量					
同行评议制度不完善					
其他1:					
其他2:					

2.7 您认为,当前我国学术不端行为及浮躁学风对青年科技人才成长有哪些影响?(可多选)

□使科技人才不能安心从事科学研究

□使科技人才花过多精力跑项目、经费

□不利于激发科技人才的创新热情和创造力

□不利于科技人才产出高质量的科研成果

□其他(请注明)_____

2.8 您对我国现有学术不端行为监督与管理措施如何评价?

项　目	完全同意	同　意	不同意	完全不同意	无法判断
相应政策或管理措施薄弱					
没有相关评判和处罚机构					
监督和处罚不够严厉					
目前的风气和环境不利于对不端行为的处罚					
其他1:					
其他2:					

3. 研究所的管理机制与激励制度对青年人才成长的影响

3.1 研究所的管理机制和激励制度对青年科技人才成长有一定的影响,您对以下各项的满意程度如何?

项　目	很满意	基本满意	不满意	非常不满意	无法判断
学术民主自由,有利于青年科技人才成长					
鼓励青年科技人才创新					
对青年科技人才给予科研经费支持					
科研团队中的青年科技人才占适当比例					
青年科技人才公平参与资源分配					
有利于青年科技人才成长的人际环境					
嘉奖做出杰出成果的青年科技人才					
所领导知人善任,使得人尽其才					
注重对青年科技人才的培训和教育					
规划、指导青年科技人才的职业发展					
其他1:					
其他2:					

3.2 您对现有的各项需求的满足程度如何?

项　目	很满意	基本满意	不满意	非常不满意
较好的科研条件和环境				
职位晋升				
职业稳定性				
荣誉性奖励				
培训和国际交流机会				
收入				
住房				
医疗保障				
带薪休假				
配偶工作和子女教育				
其他1:				
其他2:				

3.3 请对现行的人才评价和绩效考核体系中各项指标的合理程度进行判断。

指　标	重视不足	基本合理	强调过度	无法判断
科研成果的质量				
论文数量				
专利数量				
科研经费的争取量				
学术荣誉或学术任职				
获各类奖项的级别和数量				
是否承担国家重大项目				
其他1:				
其他2:				

3.4 在科技人才绩效管理中,您认为有利于人才健康成长的主要方式是(可多选):

□学术同行评议(含国际同行评议)

□实行年度自评估,3～5年单位考评

□科研经费与个人收入分离

□建立单位学术及评议监督处理机制

□其他(请注明)_____

3.5 您目前最希望的职业发展机会是：

□晋升高一级专业技术职务

□转去从事所里的领导或管理工作

□转去从事技术开发与成果转化工作

□到院机关的相当岗位工作

□到科学院系统外单位的合适岗位

3.6 据您了解,科技人才担任行政职务的主要原因是(请排序)：

——正常的个人兴趣和职业选择

——有利于自己取得学术上成就和得到更多学术研究资源

——为了加强管理工作,自愿牺牲自己学术上的发展

——主要是服从组织安排

3.7 您认为科技人才担任行政职务对其学术发展有何影响：

□时间精力上有冲突

□有利于争取科研项目

□自己的研究易受到重视

□造成科技人才的浪费

4. 科技人才流动部分

4.1 如果您是由其他单位调入中国科学院的,那么您进入科学院之前所在工作单位是：

国外研究机构(注明研究机构名称＿＿＿＿＿＿＿＿＿＿＿＿＿＿)

国外院校(注明校名＿＿＿＿＿＿＿＿＿＿＿＿＿＿＿＿＿＿＿)

国外公司企业(注明名称＿＿＿＿＿＿＿＿＿＿＿＿＿＿＿＿＿)

国内研究机构(注明研究机构名称＿＿＿＿＿＿＿＿＿＿＿＿＿)

国内大学(注明研究机构名称＿＿＿＿＿＿＿＿＿＿＿＿＿＿＿)

国内公司企业(注明名称＿＿＿＿＿＿＿＿＿＿＿＿＿＿＿＿＿)

其他(请注明＿＿＿＿＿＿＿＿＿＿＿＿＿＿＿＿＿＿＿＿＿＿)

4.2 您当时进入中国科学院的主要原因是什么(可多选)：

□事业上能够有所作为　　□能够争取更多的科研经费

□获得更好的生活环境　　□喜欢中国科学院的学术环境氛围

□其他(请注明)＿＿＿＿＿＿＿＿＿＿＿＿＿＿＿＿＿＿＿＿

4.3 在同等的条件下,您是否打算离开中国科学院?

□离开　　□考虑离开　　□基本不考虑离开

4.4 您认为您周围的同事离开中国科学院的主要原因是什么(可多选):

□到更优秀的科研机构中深造　　　□取得更多的科研经费

□减轻工作压力　　　　　　　　　□获得更好的生活环境

□不喜欢中国科学院的学术环境氛围

□其他(请注明)_____

4.5 如果有机会进行选择的话,您期望到哪类单位工作:

□国外研究机构　　　　□国外大学

□国内其他研究机构　　□国内大学

□政府部门　　□企业　　□其他(请注明)_____

关于青年科技人才成长环境,您认为还有哪些问题需要补充说明?(非常感谢您提供的切身感受和思考)

关于青年科技人才激励的调查问卷 (问卷二)

调查背景及发放、回收情况:

为进一步了解青年科技人才激励问题的相关方面,课题组设计了此问卷,包括青年科技人才激励的内外因素、激励的现状和主要激励措施以及职业发展等相关方面。课题组先后在武汉、北京、长春三地对青年科研人员(包括研究员和 35 岁以下科研人员)进行访谈的过程中发放此问卷,共回收 119 份。

一、关于激励的内因和外在主要方式

1. 您从事科学研究的最大动力是:

1)对科学研究有兴趣　　　　2)当科学院院士或工程院院士

3)拥有一份体面的职业　　　4)希望从成果转化中获得理想的回报

5)成为科技官员　　　　　　6)说不清楚

2. 您认为以下哪种激励方式对您最重要(若需多选可排序):

1)物质报酬　　　2)精神(荣誉)奖励　　　3)职位晋升

4)培训和国际交流机会　　5)带薪休假　　　6)配偶工作和子女教育

7)住房　　　8)其他_____(请注明)

二、激励的现状和对主要激励措施的基本判断

3. 您现在的年总收入约为：_____

1）3 万元以下　　　　　2）4 万～6 万元　　　　3）7 万～10 万元

4）11 万～15 万元　　　5）16 万～20 万元　　　6）20 万元以上

根据您的水平和现有社会条件，您认为您现在的收入水平距您理想的收入水平：_____

1）差距很大　　　2）基本持平　　　3）已经超过　　　4）难以判断

4. 不同年龄段人可能有不同激励方式的需求，您认为您现在最需要的激励是：_____

1）较好的工资待遇和福利　　　　2）较高的专业技术岗位

3）较高的行政管理岗位　　　　　4）获得较高学术地位

5）获得较好的科研条件和环境　　6）在成果转化中得到应有的劳动报酬

7）科技成果奖励　　　　　　　　8）与贡献相一致的学术荣誉

9）单位领导的及时关心和沟通　　10）学习培训和提高的机会

11）其他（请注明）_____

5. 在下列激励方式中，哪种方式最易产生学术腐败和学术不端行为：_____（若需多选可排序）

1）重奖 NATURE、SCINECE 文章　　2）奖励 SCI 期刊的文章

3）奖励获取各类科技成果奖　　　　4）课题经费提成

5）课题节余提现　　　　　　　　　6）绩效奖励与经费挂钩

7）职务或岗位晋升只强调科研能力和学术水平　　8）建立单位学术荣誉墙

9）高级专家对应行政级别的享受待遇　　10）技术转化中个人分股

11）其他（请注明）_____

6. 在现行的人才评价和绩效考核中，您认为最不合理的指标是：_____（若需多选可排序）

1）发表文章数　　　　　　2）科研经费的数量

3）学术荣誉或学术任职　　4）获各类奖项的级别和数量

5）专利数　　　　　　　　6）是否承担国家重大项目

7）其他（请注明）_____

7. 在现行绩效管理中，对您从事科学研究和个人发展影响最大的因素是：

_____(若需多选可排序)

1）考核评议频繁

2）管理程序和流程不规范

3）考核评价中的腐败

4）行政干预评价考核

5）个人研究方向与单位的主要领域不一致

6）考核评价不能真实反映个人的科学研究能力和学术水平

7）其他（请注明）_____

8. 在科技人才绩效管理中，您认为既有利于人才成长，又防范学术不端行为的最主要方式是：_____

1）学术同行评议（含国际同行评议）

2）实行年度自评估，3～5年单位考评

3）科研经费与绩效奖励分离

4）建立单位学术及评议监督处理机制

5）聘用政策程序透明规范

6）其他（请注明）_____

三、科技人才职业发展及相关问题

9. 在现行专业技术人员管理政策和社会环境下，您认为博士毕业后工作多长时间当研究员（教授）最合适：_____

1）2年	2）4年	3）6年
4）8年	5）10年	6）无所谓

10. 您认为在同一单位当副研究员（副教授）任职时间最长不能超过多少年：

_____

1）6年	2）8年	3）10年
4）12年	5）不要限制	6）其他

11. 如果您在职务晋升中没能成功，您认为主要原因是（副高人员选答）：_____

1）更高一级岗位设得太少

2）其他人占据了更高一级岗位，形成"玻璃天花板"

3）竞争太激烈，本人尚未准备好

4）岗位聘用制度本身有问题

5）岗位聘用的过程存在不公平

6）其他（请注明）＿＿＿＿＿＿＿＿＿＿＿＿＿＿＿＿＿＿＿＿

12. 如果您有一次职业发展的机会，您的理想选择是：＿＿＿＿＿＿

1）晋升高一级专业技术职务

2）转去从事所里的领导或管理工作

3）转去从事技术开发与转移工作

4）到院机关的相当岗位工作

5）做一名学术领导人

6）愿到科学院系统外单位的合适岗位

13. 作为单位的一员，您认为自己更符合下面哪一条：＿＿＿＿＿＿

1）非常关心单位的发展，认为单位发展应比自己发展更为重要

2）关心单位发展，认为单位发展与自己发展是一致的

3）关心单位的发展，认为单位发展与个人发展互相支持

4）单位发展无关紧要，认为自己发展才是重要的

5）不关心单位的发展，认为自己发展与单位发展无关

关于青年科技人才成长环境的访谈提纲

　　课题组先后在武汉、北京、长春三地对青年科研人员（包括研究员和35岁以下科研人员）进行以下几个方面的访谈，了解青年科技人才的成长环境。

1. 学术不端行为

　　• 国家有关部门关于学术不端行为的政策举措该如何执行？各个环节如何加强管理？包括调查处理的机构、程序和惩罚制度。

　　• 如何在科技界建立信用体系？怎样建立包括青年人才在内的科技人才信用档案？

2. 对青年人才资助相关问题

　　• 目前对青年科技人才有哪些学术资助？学术资助的条件是否合适？

　　• 青年人才申请独立课题是否存在困难？课题核算制度是否限制青年科技人才的自主性？

　　• 一个结构理想的团队中，35岁以下青年人才的比重应该是多少？或者说明

研究员、副研、助研的岗位大概各设多少？（分大团队和小团队）

- 学术型领导或学术权威对青年科技人才的影响体现在哪些方面？（包括正面的和负面的）

3. 考核、评价、激励相关问题

- 现有的考核、评价制度和方法是否合理？您对考核、评价方法有何建议（你所在学科的考核应侧重什么方面）？

- 在现有社会环境和院情下，青年科技人才最需要什么激励机制或激励政策？您有何建议？

- 与国外比较，我们现行的主要激励政策和方式如何？——好的话，表现在什么方面？不好的话，主要缺陷是什么？国外有哪些可借鉴的地方？

- 现有考核、激励政策与学术腐败有无直接或间接关系？请举例说明对青年人才成长的影响，有何建议？

4. 收入相关问题

- 您的生活压力来自哪些方面？

- 目前您有怎样的住房需求？是否得到了满足？

- 您期望的收入大概在什么范围之间？或者能让您安心生活（做科研）的基本收入是多少？

- 与相当水平的高校教师比较，您对收入是否感到满意？

5. 流动相关问题

- 最优秀的人才和一般人才的流动倾向怎么样？

- "杰青"、"百人计划"结题人员的流动情况及其流动原因是什么？

- 优秀青年科技人才流出中国科学院的深层次原因有哪些？

6. 几个宏观问题

- 在体制机制（或管理制度）方面影响青年人才发挥作用的最主要障碍是什么？

- 您希望研究所和科学院为青年科技人才提供哪些方面的政策或环境？着眼于未来5～10年，您认为目前亟待改进或最希望加强的工作是什么？（1～2项）

- 举例说明高校、科学院或研究所历史上或正在实施的1～3项有利于青年人才成长并发挥作用的成功措施；若存在效果不好的措施，也请举例说明。

- 请比较一下您37岁前、后科研实践的感受和特点，能否认同在35岁左右或37岁前的科研工作最富有创新性？

后　记

　　本书主要报告了中国科学院人事教育局和研究生院于 2007 年围绕青年科技人才的成长环境开展的调研工作成果。该项工作是中国科学院人事教育局近年来组织的关于科技人才成长规律系列研究的一部分。研究工作是在中国科学院领导的指导下开展的,主要参加人员由中国科学院人事教育局、研究生院和部分研究所的同志们组成。

　　研究工作得到了院机关和研究所很多同志的指导、支持和协助,在此向他们表示诚挚谢意。特别需要说明的是,李真真、杨鹏等同志提供了部分数据资料并参加了部分研讨和访谈等工作;夏红德等同志编写了网上问卷调查程序并构建了统计平台;高继承、张萌同志协助进行了网上调查。数百名科技人员、研究所领导和管理工作人员参加并协助进行了问卷调查。没有这些同志的热情参与和重要贡献,我们不可能完成这个研究报告。限于篇幅,我们不能在这里把他们的名字全部列出,在此一并表示感谢。

著　者

2008 年 8 月